書下ろし

新宿《しんじゅく》花園《はなぞの》裏《うら》交番 旅立ち

香納諒一

祥伝社文庫

目次

朝　5
抗争の火種《ひだね》　18
過去の小箱　58
雪の葬儀　103
襲撃　141
余波　188
決着　228
旅立ち　265

朝

1

冬の遅い夜明けが訪れていた。少し前に目を覚ました坂下浩介《さかしたこうすけ》は、朝の静寂に浸《ひた》されたままベッドに横たわり、ぼんやりと天井を眺《なが》めていた。

朝陽《あさひ》が遮光《しやこう》カーテンの隙間《すきま》から部屋に漏《も》れ入り、グラデイションで天井を明るくしていた。窓から遠いところの部屋の隅《すみ》には、まだ夜の名残《なご》りがあった。

ぶーんと冷蔵庫が音を立てた。もう買い換《か》えようと思っているのだけれど、勿体《もったい》ないので使いつづけているとマリが言っている旧式のものだった。

浩介はそっと顔を動かして窓辺の鉢植えに目をやった。ドラセナという観葉植物で、別名が「幸福の木」というらしい。彼女がゴールデン街に店を開けたときに、前の店の得意客だったひとりがお祝いにくれたものだった。だが、広さ三坪《つぼ》の店には置ける場所がなかったため、こうして自宅に持ち帰ったのだ。

鉢植えの隣には、小型コンポーネントプレイヤーと大型テレビを並べたサイドボードがあり、さらにその隣には立派な鏡台が鎮座《ちんざ》していた。それは彼女がホステスとして働き出したとき、最初の給料で買ったものだった。

二年前までマリは歌舞伎町《かぶきちょう》の高級クラブで働いていて、毎月、浩介の月給数カ月分の収入があった。

だが、お金にこだわっているのが嫌《いや》になったと宣言し、同じ店でホステスをしていた早苗《さなえ》とふたり、ゴールデン街にわずか三坪ほどの店を開けて《ふたり庵《あん》》と名づけたのである。

ふと視線を感じて隣に顔を向けると、木の葉形の目がこっちを見ていた。ゴールデン街で店を始めたときにばっさりとショートカットにした髪が、今は肩を覆《おお》うぐらいの長さになり、柔らかく彼女の首筋にかかっていた。

「なんだ、起きてたのか……」

マリは、白い前歯を覗《のぞ》かせた。

「そっちこそ。いつ起きたの？」

「ほんのちょっと前さ」

「で、考えごと？」

「いや、ぼうっとしてただけだよ」

浩介はそう答えただけでは物足りない気がして、

「寮の部屋とはずいぶん違うから、物珍しいというか……、なんだか不思議な気分でさ……」

とつけ足してみた。

顔を寄せ合って小声で交わす言葉が、朝の空気に紛《まぎ》れ込んでいくみたいに感じられた。言葉の途絶えた隙間が静かだった。

そうだ、こんなふうにして相手の目や鼻や唇《くちびる》を間近にして、顔全体じゃなく目の動きの中に感情を読み取れて、お互いにささやき声で話すこの一秒一秒が、ただ物珍しいわけじゃなくてとても新鮮なのだ。

こういう関係になることを、もうずっと前から、心のどこかで望んでいた気がした。それは、マリのほうでも同じだった気がする。

あのときだ――。

二年前のクリスマス頃、早苗がせっせと自分のマンションの金庫に貯《た》めていた「箪笥《たんす》預金」がそっくり盗まれてしまったことがあった。

その捜査の途中、事件が起こった賃貸マンションの前でばったり出くわしたマリとふたり、新宿《しんじゆく》の繁華街へと連れ立って歩いたことがある。

マリはあの頃はまだ歌舞伎町のクラブ勤めで、出勤途中の彼女とともに、浩介の勤務先である花園裏交番《はなぞのうら》の近くまで一緒に歩いたのだ。

とりたてて特別な会話をしたわけでもなかったが、あのとき、予感のようなものを感じたのだ。彼女と、こんなふうな関係になる予感を……。

いや、こうなることを望んでいたというべきか……。

「私もよ。浩介が、こうして隣にいることが、とても不思議」

マリは言い、顔を浩介の首筋に寄せた。鼻の頭が冷たかった。昔、故郷の家で生まれた子犬に鼻を擦《こす》りつけられると、こんな感じがしたような気がする。

マリが忍び笑いを漏らした。

「何だい？　どうしたんだ？」

「それに、警官の制服じゃなく、こうして裸のあなたといることが不思議」

「何か違うのか――？」

「違わないけれど、やっぱり違うわ。真面目《まじめ》なおまわりさんの芯《しん》の顔が見えるのかな」

「ほんとの顔ってこと？」

「ううん、芯のほうよ。リンゴの芯とか鉛筆の芯とかの芯。だから、今ここにいるのは、浩介の芯だ」

マリは言って、楽しそうに笑った。お店でお客を相手にしているときのような作りものの笑いじゃない場合には、彼女は鼻の付け根に細い線が入るのだ。可愛《かわい》らしい縦じわが。

「あ〜あ、なんか目が冴《さ》えちゃった。コーヒーでも淹《い》れる？」

マリはシーツの中で身をよじり、浩介のすぐ目の前に自分の顔を近づけた。

「それとも、もう一度する？」

浩介は股間《こかん》が熱くなってくるのを感じ、それを察したマリの鼻の付け根にまた可愛らしいしわが寄った。


変形の2LDKだった。玄関を入った真正面が壁で、そこから短い廊下で右に進むとキッチンの端《はし》にぶつかる。横長のキッチンはそこから左に伸び、そのままリビングダイニングへとつづいている。そのリビング部分の左側に、三枚引き戸に仕切られた寝室があった。寝室は玄関から見ると、真正面の壁のちょうど裏側ということになる。

マリは寝室の三枚引き戸を取り外し、代わりにそこに簡単な衝立《ついたて》を置いて、全体をひとり暮らし用の広い一室としてアレンジしていた。

浩介はキッチンに立ってコーヒーを淹れる彼女の後ろ姿を、カウチに横向きに坐《すわ》って眺《なが》めていた。

フリーサイズのTシャツから出たマリの素足が白かった。膝《ひざ》の後ろからしなやかに盛り上がっていくふくらはぎの筋肉が、細い足首に向かって収斂《しゅうれん》していた。

朝食を終え、もう少ししたら出かけなければならない時間が近づいていた。出勤時間まではまだ余裕があったが、寮の部屋に戻り、出勤にふさわしい服装に着替えなければならないのだ。一応、外泊には申請が要《い》ることになっているが、規則の運用は比較的緩《ゆる》やかなので、出勤までに一度寮に戻れば良しとされている。だが、さすがに外泊先から直接出勤するのはまずいだろう……。

「今日はこれから、どんな感じ？」

制服警官の日々には、どんな感じもこんな感じも、い、い、い、い、い、ないのだが、マリは時々、こんなふうな訊《き》き方をする。

「いつも通りさ。朝礼を終えて、交番に行って、引き継ぎだろ」

「で、今日は最初が立番《りつばん》かしら」

警察署や交番の前に立つ任務のことを、警察では「立ち番」ではなく「立番」と呼ぶ。マリはそんなふうに訊いて来た。たぶん、ちょっと関係者ぶって「立番」と言ってみたいだけなのだ。

しかし、勤務が「立番」から始まるかどうかにはそれなりの意味があった。

新宿花園裏交番に勤務して四年、最近、ジンクスが存在すると思うようになった。浩介が「立番」から始まったシフトのときに、何か厄介《やっかい》な事件が起きるのだ。それも、浩介自身が「立番」の当番を終えて巡回に出たときに限って、事件に出くわすことが多かった。

「どうだろうな。決めるのは、シゲさんだから」

「ねえ、シゲさんって渋いわよね。今度、お店に連れて来てよ」

「ああ、そうだな」

と、浩介は言葉を濁《にご》した。花園裏交番とゴールデン街は、目と鼻の先だ。さすがに大っぴらに顔を出すことはできないし、マリのほうだってお店で会うのは何かと気を遣《つか》うだろうとの思いから、必ず少し離れた場所で落ち合い、一緒に食事をしたりアルコールを飲んだりしてから彼女の部屋に来るのがデートのパターンだった。

「何か大事件が起こって、浩介が刑事になれたらいいのにね」

マリはそう言いながら、カップを両手にやって来た。浩介の前にひとつ置き、自分はブラックのままで飲み始めた。

浩介は、朝食のときにテーブルに出してあったコーヒークリームを入れてかき混ぜた。彼女が淹れるコーヒーはかなり濃いため、そうやって飲んでも少しするとお腹がもたれて来ることがあった。

「ねえ、やっぱり、刑事になりたいんでしょ?」

「そうだな……。やっぱり警察官の花だから」

「でも、重森《しげもり》さんみたいになりたい気持ちもあるんだ?」

と、マリは浩介の言葉を先回りした。似たような会話を前にもしたことがあるし、すっかりお見通しという顔つきで見つめて来る。

同じ交番で班長を務める重森周作《しゆうさく》は、浩介にとって憧れの大先輩なのだ。「シゲさん」こと重森が最初の上司でなかったならば、警察官に対する考え方は大きく違っていた気がする。

「浩介が大事件を解決して刑事になるのと、重森さんみたいに交番を守りつづけるのと、どっちがいいかしら」

「でもな、事件が起こるってことは、誰か被害者が出るってことだぞ」

「ま、そうか。でも、深刻な被害者が出ない大事件で、それをあなたが解決するのよ。どう？　それならばいいでしょ」

「そんな都合のいい事件があったら、みんな刑事になってるよ」

浩介はマリの軽口に軽口で応じて、コーヒーを飲んだ。やっぱり今朝《けさ》のコーヒーも濃くて、勤務が始まってからお腹がもたれそうな気がする。

「マリのほうは、今日の予定は？」

「私はじっくり筑前煮《ちくぜんに》を作るわ。今夜のお通しは、筑前煮」

《ふたり庵》では、何かしらひとつかふたつ、早苗とマリが交代で手をかけたお通しを店に出すことにしているのだ。

2

マンションの表には、既《すで》に通勤者たちが姿を見せていた。まだ数はそれほど多くはなかったが、男も女も少し前方のアスファルトを見つめ、せかせかと足早に歩いている。地下鉄の駅が近いため、誰もがその方向を目指していた。

浩介が暮らす警察の独身寮は市谷台《いちがやだい》にある。地下鉄の駅とは反対方向だ。靖国《やすくに》通りを走るバスで近くまで帰ることもあったが、徒歩で住宅街の中を歩くほうが浩介は好きだった。

通勤の人たちの流れに逆らって、歩き出したときだった。人の流れの片隅で、まだ夜の雰囲気を体にまとわりつかせた大男が浩介を睨《にら》んでいた。物陰からすっと現われ、浩介の前に立ったのだ。

「ツル――」

浩介は、口の中で大男の愛称を呼んだ。

通称ツルこと、鶴田昌夫《つるたまさお》――。

浩介が高校の野球部の監督だった西沖達哉《にしおきたつや》とこの新宿でばったり再会したのは、二年前のちょうど今頃のことだった。およそ十年前のある日、いきなり浩介たち野球部員の前から姿を消した西沖は、なぜか新宿を縄張りとする暴力団である《仁英会《じんえいかい》》の〝いい顔〟になっていたのだ。

その西沖のボディーガードをしていたのが、このツルだった。

だが、その後、ツルは、ある事件に絡んで西沖の居所《いどころ》や目的を問い質《ただ》す尋問に頑《がん》として応じぬままで服役した。西沖のことを「兄貴、兄貴」と呼んで慕《した》い、その言いつけを忠実に守ることしか頭にないような男だった。

そのとき、ツルを取り押さえて尋問したのは、他でもない浩介たち花園裏交番の面々だった。

「俺を覚えてるか？」

ツルはすごい顔で浩介を睨んで来たが、その顔はどこか悲しげでもあった。

「もちろんさ――」

浩介はそう答えただけで言葉に詰まり、何と話しかけようか迷ってしまった。だが、そのうちに、目の前のこの大男のほうがずっと言葉を探しているらしいと気がついた。

「おまえ、マリの部屋にいたのか？」

「――――」

すぐ目の前の人間の顔を目がけ、手の中のボールをいきなり投げつけるような訊き方だった。

「いたんだろ。知ってるんだぞ、俺は……。おまえ、マリの部屋に泊まったんだろ」

戸惑《とまど》う浩介を前に、ツルはそう畳みかけて来た。苛立《いらだ》ちが、巨体の中に渦巻いていた。

だが、それを表には溢《あふ》れさせまいとして、必死で努力しているらしかった。

「だったら何だというんだ？　おまえには関係ないことだろ」

急に腹立たしさを覚えた浩介が強く出ると、ツルは小さくしぼんでしまい、気弱そうにまばたきした。

「そりゃそうだけれどよ……、だけどもよ……」

ツルの視線が浩介の背後へと動き、はっとしたのが見て取れた。

浩介が振り向くと、マンションのエントランスからマリが走り出て来たところだった。

「浩介、みりんを切らしちゃってたんで、私もそこのコンビニまで一緒に……」

そんなことを言いながら飛び出して来たマリは、見えない壁に鼻づらをぶつけたような顔で立ちどまり、目を丸くしてツルを見つめた。

「ツルちゃん……」

「おう、なんだ、おまえ、こんなところで……」

ツルは固まり、石像みたいになった。こちこちのまま懸命に言葉を絞《しぼ》り出したが、そのうちに、マリと会った嬉《うれ》しさで顔がほころんできた。

「俺はたまたま通りかかったんだけどよ……。どうだ、元気か？　なんだ、おまえ、ここに住んでたのか……」

年齢は浩介やマリと同じぐらいのはずだが、笑うとガキ大将のような顔になる男だった。

「何言ってるのよ。変な人ね。一緒に飲んで、何度も送ってもらってるでしょ」

「そうだったかな……。ムショで暮らすと、シャバのことをあれこれ忘れちまうもんさ。この辺りもすっかり変わっちまって――」

芝居がかった仕草で周囲を見回すのを見て、マリがついには噴《ふ》き出した。

「もう、やあね、変なツルちゃん。ええと、一年半ぐらいで出られたのね。おめでとう。でも、一年半じゃ何も変わらないわよ」

「そうかな……。ま、そうかな……」

「いつ出たのよ？」

「三日前だよ。早く店に顔を出そうと思ったんだが、挨拶《あいさつ》回りに忙しくて……。それに、祝いだと言って連れ回るダチや先輩がいてさ――。結局、昨日まで身動きが取れなかったんだ」

「あら、そしたら昨日、店に……」

マリはそう言いかけて、途中でやめた。

はっとし、じっとツルのことを見つめる。

「まあ、またじきお店に顔を出すよ。今日は、ばったり出会えてよかったぜ」

　ツルはそう言って背中を向けかけたが、

「ええと……、おまえら、そういう関係なのか……？　そうだよな。こういう時間にこうしてるってことは、そうだよな……。すまねえ。つまらねえことを訊いちまった。そりゃそうだよな。こんな時間に、こうしてるんだからよ……。だけど、ちょっと気になって、訊こうかどうしようか迷ってたんだ。これで、なんだかすっきりした。ああ、腹が減った。じゃ、俺は帰るよ」

　ひとりで一方的に喋《しゃべ》ると、逃げるようにして背中を向けた。通勤客たちは皆、ハデな服を着た大男を避けて通るものだから、ツルの姿はずいぶん遠くまで見えた。

　浩介は、ツルがついさっきまで立っていた場所に、たばこの吸《す》い殻《がら》がたくさん落ちているのを見つけた。

　日陰に落ちた吸い殻は、どれもフィルターが嚙《か》み潰《つぶ》されていた。靴底で力任せにもみ消したらしく、何本かは紙が破れてばらばらになっていた。

抗争の火種《ひだね》

1

「うるせえんだよ、タコ介。少し黙ってろ」

車の運転席に上半身を突っ込んで捜索を行なっていた根室圭介《ねむろけいすけ》が、頭から湯気を立てながら体を起こし、車の傍《かたわ》らでうそぶいている男を怒鳴《どな》りつけた。

「おい、警官が、そんな態度を取っていいのかよ。俺は職務質問《バン》に協力してる善意の一般市民だぞ」

「善意の一般市民が、バンなんて隠語は知らねえんだよ。おまえはな、何度もパクられてる雑魚《ざこ》の売人さ。その売人が、新宿に高級車で乗りつけて来たら、何か隠してるに決まってるだろ。おまえら、高級車だと賠償金が怖《こわ》くて警察が手を出さないと思ってるんだろうが、それは大当たりさ。並みの制服警官ならば、ビビッて終わりだろう。だが、いつでも運が悪いおまえは、普通の制服警官じゃない俺にぶつかっちまったってわけだ。ついこの間まで私服をやってて、上層部の嫌がらせで制服警官へと左遷《させん》されたこの根室元刑事にな」

根室には露悪的なところがあり、左遷されたということを、こうして自分から吹聴《ふいちょう》しまくっている。

男は唾《つば》を飛ばしてまくし立てる根室の権幕《けんまく》に気圧《けお》され、降りかかる唾そのものからも逃《のが》れるように顔をそむけた。

「だから、これは、社長の車だと言ってるだろ……。俺は運転手さ。まともに就職したんだよ」

「け、まともに就職とは呆《あき》れるぜ」

「――――」

ふたりのやりとりをはらはらしながら見守っていた坂下浩介は、もう一度助手席から車内に上半身を突っ込み直した。「何か隠し持っている」という根室の見込みに従って、私有財産である車の中の捜索を行なったのだ。このまま何も出て来なければ、相手が嵩《かさ》にかかって責め立てて来ることは、火を見るよりも明らかだ。

だが、既《すで》に各シートの下もフロアマットの下も、すべて捜索済みだった。もちろんエンジンフードとトランクも開けさせ、それぞれ隅々まで調べている。

（お手上げだ）

なす術《すべ》もなく体を起こした浩介は、男がちらちらとこちらの様子を窺《うかが》い見ていることに気がついた。あわてて表情を引き締めたが、遅かった。たぶん、心の動揺を見透《みす》かされたはずだ。

「なあ、勝手に人を疑っておいて、どう責任を取るんだい、おまわりさん。人権問題だろ」

ニヤけた男に話しかけられ、浩介は奥歯を嚙《か》み締めた。

こういうとき、下手《へた》に何か言い返さないほうがいいことは、交番勤務四年の経験からわかっていた。

だが、何かもっと巧《うま》いかわし方もあるのかもしれないが、それは思いつかなかった。四年の経験など、所詮《しょせん》はその程度のものなのだ。

どうしてこの車に目をつけ、職務質問をかけることにしたのか……、根室の気持ちがわからない。確かに下《した》っ端《ぱ》の売人が高級車に乗っているのは解《げ》せないが、それにしても何の確証もないままで、いきなり車を捜索してよかったのだろうか……。

「なあ、ムロさんよ。何も出なかったじゃすまねえからな——。ドアに小さな傷がついたぜ。俺は見てたぞ。さっき、あんたの装備品がドアを擦《こす》ったんだ。ポルシェのドアは、高くつくぜ。始末書で済むのかよ」

案《あん》の定《じょう》、男はそんなことを言い立て始めた。ドア一枚修理するだけで、制服警官の給料数カ月分が吹き飛ぶような高級車だ。

正にちょっと前に根室が言った通り、面倒になることを恐れて普通の警察官ならば手を出さないのだ。

「――――」

さすがに根室も黙り込んだ。顎《あご》を引き、じっと何かを考え込んでいる。

「――――」

「さあ、何も出なかったんだ。もう行っていいだろ。このことは、あんたの上司にも報告するからな」

「勝手にしろよ」

「それだけじゃ済まないぞ。訴えてやる」

「訴えられるもんなら、訴えてみろ。おまえみたいなクズに、一々ビクついてたらデカはやってられねえんだよ」

「おまえはもうデカじゃねえだろ」

根室の顔が紅潮した。

「なんだと、この野郎！　もう一遍《いっぺん》言ってみろ！　これは仮の姿だ。俺はすぐにデカに戻るんだよ」

めた。

殴《なぐ》りかかろうとする根室の前にあわてて回り込み、浩介は抱きつくようにして根室をと
「主任……、まずいです。根室さん、お願いですから、やめてください！　市民も見てま
す」

「離せ、この野郎！　離しやがれ！」

「しかし……、根室さん……。刑事のときとは、やっぱり……」

「何だよ、違うと言うのかよ。おい、坂下浩介」

「――――」

「おまえはな、そういう四角四面の考え方しかできねえなら、一生、刑事にゃなれねえぞ。自分が怪《あや》しいと睨《にら》んだやつにゃ、ためらわずに突っ込め。それが警察官ってもんだ。保身を考えてためらうなら、それはただの公務員なんだよ。飛ばない豚はただの豚ってやつだ。覚えてろ」

「…………」

「で、俺は行っていいんだな」

浩介たちのやりとりをにやにやしながら見ていた男は、ポルシェのドアに手をかけた。

「どうぞ、行ってください」

「浩介、待て。野郎をこのまま行かせるんじゃねえ」

「しかし、何も出なかったのですから――」

　運転席に滑り込んだ男が、エンジンをかけた。窓を下ろし、「じゃあな、あばよ。制服のおまわりさん」とわざわざニヤつく顔をさらした。

「この野郎！」

　根室は浩介を押しのけ、車の正面へと回り込んだ。

「危ねえじゃねえか。轢《ひ》いたって、俺は責任なんか取らねえぞ」

　男はエンジンをとめ、窓から顔を突き出して根室に喚《わめ》き立てた。

　だが、根室のほうは、そうする男を見てなぜだかニヤッとした。

「おい、おまえ今、どうしてわざわざエンジンを切った？」

「――」

「わかったぞ。もう一度エンジンをかけてみろ」

「何でだよ……？」

　男の目が、泳いでいた。なぜなのか理由はわからなかったが、男が戸惑《とまど》ったらしいことは浩介にも感じられた。

（いったい、どういうことだろう……）

「どうした？　エンジンをかけろと言われて、なんで戸惑ってるんだ？　答えろよ。おまえ、なぜ今わざわざエンジンを切った？」

「そりゃあ……、エコだからだよ。排気ガスをばら撒《ま》かないようにさ……」

「おまえ、面白いこと言うな。俺はおまえのそういうところが好きだよ。だが、もう一度エンジンをかけろ。そして、そのまま車を降りるんだ」

「理由を言えよ、理由を……。なんでそんなことをしなけりゃならねえんだ……」

「理由は簡単だよ。俺がおまわりで、おまえが怪しい行動を取ったからだ。命令に従えないなら、公務執行妨害になる。おい、浩介、こいつを逮捕しろ」

「めちゃくちゃ言うな……」

男は不平を口にしながらも、渋々、車を降りた。

入れ替わりに根室が上半身を運転席に突っ込み、ワイパー、方向指示器、ライトスイッチなどをあれこれいじり始めた。

「根室さん、いったい何を……」

浩介がそう声をかけようとしたとき、グラブコンパートメントの奥からモーター音が聞こえ、コンパートメントそのものが助手席のほうへとせり出して来た。根室の指先が、ライトスイッチの根元に隠れていた小さなボタンを押したのだ。

「これは……」

浩介は驚き、男が下唇を噛んで顔をそむけた。コンパートメントの奥には、それと同じ幅で奥行きは二十センチぐらいの隠しボックスがあり、そこに白い粉で膨《ふく》らんだ袋が押し込まれていた。根室は袋を摑《つか》み出すと、勝ち誇ったように男を振り返った。

「おまえ、なかなかシャレたことをするじゃねえか。浩介、簡易試験の上で逮捕だ。すぐに麻薬担当にも連絡しろ」

「はい、了解しました」

浩介は、興奮に胸が躍《おど》った。

「よくわかりましたね、主任」

根室が肩をそびやかした。

「おい、浩介よ、警官に大事なのはやっぱり、人づきあいと耳学問だぜ。つきあいのあるいいロートルの売人が、酒を飲んだときにぽろっと言ってたことがあるのさ。最近の若い売人の中にゃ、捜索はエンジンを切って行なわれることの裏をかき、車にこういう細工をしてる連中がいるとな」

――そんなことがあったのが、根室圭介が主任として異動して来て一週間目ぐらいのことだった。

体面を取り繕《つくろ》う上層部の思惑《おもわく》によって、前任者の山口勉《やまぐちつとむ》が異動させられたあと、新宿花園裏交番にはしばらく主任が不在の状態がつづいた。

山口は行方《ゆくえ》が知れなくなった女性が拉致《らち》監禁された可能性を危惧《きぐ》し、浩介とふたりして行方を捜して奔走《ほんそう》したのだが、その事件には有力者の息子が絡んでいたため、事態を有耶《うや》無耶《むや》にしたい警察の上層部の意向によって、降格の上で秋川西交番に左遷された。

しばらく新主任を補充しなかったことにも上層部の陰湿さが感じられたものだが、その後、この根室圭介が異動して来たのである。

根室圭介は、有名人だった。花園裏交番が所属する四谷中央署でも、あるいは浩介が暮らす警察の独身寮でも、大概の者がその名を知っていた。

大久保署の問題児!

警視庁のお偉方からは元々何かと目をつけられていたらしいが、始末書を量産する根室についにには所轄の上司や署長までもが堪忍袋《かんにんぶくろ》の緒《お》が切れ、今度の異動に至ったというのが専《もっぱ》らの噂《うわさ》だった。

新宿の繁華街はエリアによって、新宿署、四谷中央署、そして大久保署の三つに管轄が分かれる。大久保署と管轄エリアが隣接する四谷中央署の花園裏交番に配置転換されたことは、あからさま過ぎるほどの懲罰《ちょうばつ》人事だといえた。

たとえ所属署が違っていても、新宿界隈《かいわい》で何か重大事件が起こった場合には、ほぼ全交番に非常呼集がかかる。捜査員も同様だ。殺人事件や、暴力団同士のトラブルが発生した場合など、様々なケースで三つの所轄が協力体制を取ることになる。四谷中央署管轄の花園裏交番に勤務する根室が、何かの拍子《ひょうし》に大久保署の元の同僚たちと鉢合わせするのは、大いにあり得ることなのだ。

その場合、根室はかつての同僚たちに、制服警官の姿をさらすことになる。その中には根室が盾《たて》突いていた上司もいれば、元の部下もいるはずだ。屈辱たること、この上ない。この転属を決定した人間は、それを狙ったのである。

だが、根室圭介には少しもめげた様子はなく、相変わらずのマイペースで勤務しているように見えた。むしろ、マイペース過ぎるぐらいに……。

しかも根室は、なぜだか浩介を気に入り、パトロールの相棒に指名することが多かった。主任の意向を尊重するためなのか、班長の重森周作は何も言わず、根室のしたいままにさせていた。

この根室の「巡回」が、実は滅茶苦茶《めちゃくちゃ》なのだ。

制服警官の所謂《いわゆる》「外回り」には、二種類ある。ひとつは管内を巡回し、不審者に職務質問を行なったり防犯活動をする「警邏《けいら》」で、もうひとつは管内の受け持ち世帯や事務所を回る「巡回連絡」だ。いずれにしろ、制服に身を固めた警官が管内を回ることによって、市民生活の安全を守るのが仕事だ。

浩介はそう習ったし、自分でもそれを当然としてやって来たのだが、赴任《ふにん》して来た根室が最初の巡回時に訊《き》いたのはこんなことだった。

「おい、管轄内で、ヤクザのたまり場になってる店はどこだ？」

「裏賭博《うらとばく》をやってるゲーセンを教えろ」

あるいは、「今日はウリの女がたまってるマンションを中心に回るぞ」と言われたこともあった。

新主任の根室にとっては、制服警官の巡回とは、予《あらかじ》め目星をつけた怪しそうな場所を重点的に回り、そして、効率よく手柄を立てるためのものに他ならないらしいのだ。

それだけならばまだしも……、なにかと理由をつけては人目につかないところに自転車を停め、あるいは馴染《なじ》みの店の裏手に回り、「ちょっと休ませろ」と居坐《いすわ》っては、広域無線を聞きながら一息ついたりしている。

言うまでもなく、広域無線で何か大事件の報《しら》せが流れた場合には、我先にと駆けつけて手柄を立てるつもりなのだ。

こんな主任とつるんでいると、なんだか重森周作に顔向けができない気がして、最近の浩介は心が痛んでならなかった。

（一度、シゲさんががつんと言ってくれるといいのに……）

そう期待しているのにもかかわらず、まさか元刑事だったことに遠慮しているわけではないのだろうが、重森は根室を放任していて、一向に文句を言う気配がなかった。

今も――。

「ちょうどいい時間だな。ヤクザが出入りしてる店を回ろうぜ」

師走《しわす》の短い日がとっぷりと暮れ、夜のとばりが下りた新宿の街へと巡回に出ると、根室は早速《さっそく》そう言い出した。

歌舞伎町界隈の飲食店の中には、いわゆる暴力団員御用達の店がある。かつてほど大っぴらにではないが、組織の幹部連中が連れ立って会食をし、ホステスと騒いだり、あるいはカラオケで歌いまくったりするような店だ。

警察のほうでもそういった店は把握しているが、店であからさまな違法行為が発覚する場合を除いては、厳《きび》しい取締りは行なわないことにしていた。首を絞め過ぎれば不満が爆発するのが世の常だし、厳しく取り締まるよりも、いざ何かが起こったときに暴力団の動向を窺いやすい場所として確保しておくほうが、有益だと判断しているのだ。

そして、普段から制服警官がさり気なく目を光らせるように命じられている。

根室が主任として異動して来てから一カ月ほどの間に、浩介は巡回区域内のこうした〝要注意〟の店については、ほとんどを根室に教えていた。

「おい、ちょっと停まれ」

根室から命じられ、今夜もそうした店の一軒へと回ったところ、根室が急に声をひそめて浩介に合図を寄越《よこ》した。

区役所通りにある、《平和楼》という名の中華飯店に差しかかろうとしているところだった。

この店の主人は中国人だが、チャイニーズマフィアとは無関係のため、新宿を縄張りとする暴力団の幹部連中が仲間内の集まりや、時には家族連れの夕食に使うことにしている一軒だった。

「どうしたんですか――?」

浩介が、根室と同様に声をひそめて問い返すと、

「覆面パトカーだ。ビッグ・ママの部下があそこに張りついてる」

根室は通りに停まるセダンへと顎をしゃくりつつ、胸の前でお椀形にした両手をゆさゆさと揺すった。ビッグ・ママこと新宿署の深町《ふかまち》しのぶはスタイルが抜群で本人もそれを意識しているのか、体の線がくっきりと出る服を着ていることが多かった。

班長として新宿署刑事課一係の猛者《もさ》たちを仕切り、男顔負けの荒っぽさで先頭に立って凶悪事件に立ち向かう名物刑事だ。

その一方、私生活では、未婚のままで子供を産んで育てている。相手は同じ警察官の誰かで、ビッグ・ママが妊娠した直後に殉職《じゅんしょく》をしたとか、家庭がある警察庁の幹部の誰かだとか、様々な噂が飛び交っているが、彼女自身が口を固く閉ざしているため、子供の父親については何ひとつはっきりしたことがわからなかった。

彼女はかつて制服警官だった頃に重森の部下だったため、時折、花園裏交番に姿を見せる。そうした縁もあって、浩介は今までにいくつかの事件で彼女と一緒に捜査を行なった

ことがあった。

「おい、しばらくここを見張ろうぜ」

と、根室は浩介を物陰へと引っ張って行こうとした。

「ちょっと待ってください。なぜですか……？」

「そりゃ、考えるまでもないだろ。ああして新宿署のデカが張りついてんだぜ。あの店で何かあるってことだ」

浩介は、呆れて根室を見つめ返した。

こうしたときには、制服警官はたとえ張り込みに気づいても、そのまま素通りするのが不文律だ。まかり間違って違法駐車などで声をかけてしまったときには、張り込み中の刑事たちから怒鳴りつけられることもある。

言うまでもなく、制服警官は遠くからでも目立つため、張り込みの邪魔になるのだ。

「まずいですよ。張り込みの邪魔になります」

そう言いかけたときだった……。店の前に乗りつけた高級車の助手席に坐る男に気づき、浩介はドキッとして言葉の語尾を呑《の》み込んだ。

男は大型の黒い高級車から降り立ち、油断なく周囲を見回した。

西沖達哉……。

浩介の高校時代、野球部の監督をしていた男だった。しかし、最後の夏の大会を前にして、西沖は突然、浩介たち野球部員の前から姿を消した。故郷の町から、いきなりいなくなってしまったのである。

ところが、一昨年のちょうど今頃――、浩介は制服警官として勤務するこの新宿の街で、西沖達哉と再会した。驚くことに、西沖は《仁英会》の〝いい顔〟になっていた。通称ツルこと、鶴田昌夫は、この西沖のボディーガードだったのだ。

高級車の運転席から滑り出た男があわてて歩道側の後部ドアへと回り、ドアを開けて深く頭を下げた。

この男ほどではないが、同じく頭を下げて恭順の意を示す西沖の前に、精悍《せいかん》な顔だちの男が降り立った。

引き締まった体を、仕立てのいいスーツで包んでいる。

年齢は五十代の前半ぐらい。どちらかというと女性的な顔立ちで、二重瞼《ふたえまぶた》ですっきりした両眼が印象的な男だった。

「今岡《いまおか》がお出ましか――」

根室が、低くつぶやいた。

今岡譲《ゆずる》。仁英会の二代目会長だ。

だが、少なくとも遠目には、到底ヤクザには見えないタイプの男だった。むしろ、やり手の商社マンとか、株式ディーラーとか、いわゆる「表の世界」を自分の裁量で華麗に泳ぎ渡っていくような人間に見える。

落ち着いて趣味のいいネクタイを締め、毛髪は短く刈り上げ、嫌味にならない程度にきちんと整髪料で整えていた。素通しのような銀縁の眼鏡をかけ、髭はきちんと当たっている。すらっとした体形で、身長は一八〇センチを超えるだろう。

ヤクザの中には、幹部になったり組をまとめるようになった時点で、いかにも勇ましそうな名前を自称する者もあるが、「譲」はその控えめさからいって本名に間違いないだろう。

「こりゃ、珍しいな。もしかして、何かあるのかもしれないぞ」

「なぜです？　西沖が一緒だからですか――？」

思わずそう問い返した浩介のことを、一瞬、根室は怪訝《けげん》そうに見つめ返した。

「違《ちげ》えよ。今岡は、会食嫌いで有名なんだ。下の者を連れて飲み歩くこともないし、利害関係のある組織の人間と会うときも、料亭やクラブなどで一緒に飲み食いすることは滅多《めった》にない」

「じゃ、どこで会うんです？」

「お互いの事務所か、それじゃ折り合いがつかないときはファミレスだそうだ」

「まさか……」

「どうかな。案外とほんとかもしれないぜ。今じゃ大概のファミレスには、出入り口にカメラが備えつけられていて、防犯体制は万全だ。しかも、もしもそんなところで襲って来る組があったら、それこそ社会全体から袋叩きに遭《あ》うのは間違いない。案外と、いいアイデアかもしれないぜ」

「――――」

根室はいつもの軽口風に言い、浩介には本当かどうか見当がつかなかった。

「さてと……、会食嫌いのやつが、一緒に飯を食う相手は誰か。こりゃあ、興味が湧《わ》くな。おまえも、そうだろ？」

「………」

「よし、ちょいと張り込みの連中に挨拶《あいさつ》して来るわ。――っていうか、おまえも来い」

「あ、ちょっと、根室さん……」

浩介がとめるのも聞かず、根室は新宿署の刑事たちが陣取る覆面パトカーへずかずかと近づいた。

運転席の外に立って、中指の第二関節でコツコツとサイドガラスを叩くのを、車内のふたりが睨みつけたが、根室はどこ吹く風だった。相手がついにはすごい顔でガラスを下げた。

「おい、向こうへ行けよ。制服警官に立たれたら、目立ってしょうがねえだろ」

運転席の男が言った。声の大きさは抑《おさ》えているが、怒りは充分に伝わって来る。深町しのぶの部下で、確か田口《たぐち》という男だった。

「別段、こっそり張り込んでるわけじゃねえんだから、目立ったところで構わねえだろ」

「馬鹿野郎、こっそり張り込んでるんだよ」

「だけどな、ここは四谷中央署の管轄区域だぜ。そして、俺の巡回エリアだ。そこにこうして新宿署の人間がいるんだから、きちんと話を通すのが礼儀ってもんだろ」

「四谷署には話してあるよ。制服にゃ用はねえ。特におまえにはな」

助手席にいる年配のほう——確か、沢田《さわだ》という名だ——が吐き捨てるように言い、浩介のほうに顔を向けた。

「坂下だったか。おまえらも、とんでもない人間を押しつけられたもんだな。まあ、上層部も、花園裏の重森さんならば手綱《たづな》を締めてくれると思ったのか——」

「——」

「単なる報復人事だよ。どうせ飛ばすなら、新宿の外に飛ばせばいいものを。この新宿で制服警官をさせとけば、こうして私服刑事たちに嫌味を言われると踏んで異動させたんだ。まったく、陰湿なやつらだぜ」

「嫌味を言われるのが嫌なら、あっちへ行けよ」

「自業自得だろ。ほんとにあっちへ行けったら」

ふたりは口々に棘《とげ》のある言葉を投げつけたが、根室には一向に堪《こた》える様子がなかった。

「まあ、そう言うなって。古いつきあいじゃねえか。ちょっと教えてくれよ。今岡は、ここで誰と会うんだ？　もう、誰か先に来てるんだろ？」

驚くべき図太さでふたりに微笑《ほほえ》みかけ、腰を屈《かが》めてサイドガラスのほうへと顔を寄せる根室を前に、沢田はまた顔をしかめて何か言い返そうとしたが、

「仁英会の次男と三男だよ。ちょっと前に、ふたりが順番に店に入った」

思い直した様子で、そう打ち明けた。

根室が知りたいことを教え、それで早く追っ払うことにしたらしい。

だが、こうして交わされるやりとりには、なんとなくじゃれ合っているような雰囲気もあった。この私服刑事たちは、ふたりとも、口で言うほどには根室を嫌っていないのかもしれない。

「前会長の息子たちか――。ええと、岩戸《いわと》和馬《かずま》と虎大《とらひろ》だったな」

「ま、次男は幹部から降ろされ、末端組織に飛ばされて外様《とざま》となり、三男もその次男とともに冷や飯食いの状態だがな。とはいえ、ふたりは前の会長である岩戸兵衛《ひょうえ》の息子たちだ。そして、今岡を会長の座に据えたのは、他でもないこの岩戸兵衛だ。幹部たちの中には、和馬を今岡の対抗馬として担《かつ》ごうとする者も今だにいるという噂だし、結局、今岡のほうでも、この岩戸兄弟を無下《むげ》にはできないんだろうさ」

「岩戸兄弟を、というより、今岡が気にしてるのは岩戸兵衛だろ。いくら会長の座を退《ひ》い

たとはいえ、新宿のみならず関東の極道で岩戸兵衛の名を知らない人間はいない。今岡を現在の会長に据えたときも、岩戸兵衛の鶴の一声で決まったんだ」

浩介は根室と沢田たちのやりとりを聞きながら、ハーレーダビッドソンで颯爽《さっそう》と走り去って行く岩戸兵衛の姿を思い出していた。

岩戸兵衛は、生き馬の目を抜くような新宿の街で仁英会が存続していくためには、血縁だけから後継者を選んでは生き残れないと、血のつながった我が子たちではなく、現会長である今岡譲を後継者の座に据えたのだ。

一方、岩戸の長男はヤクザの世界を嫌い、普通の会社員をしている。

その長男の非嫡出子である白木則雄《しらきのりお》という青年が、《ゴールデン・モンキー》というハングレ集団に入団するための「入団儀式」を受けようとして、結果的にこのハングレ集団の幹部を殺害してしまう事件を起こしたことがあった。

ところが、この事件の背後には、《ゴールデン・モンキー》を手なずけて仁英会の下部組織的な役割を担わせ、それによってみずからの勢力を拡大しようとする次男の和馬が暗躍していたことが明らかになった。

和馬は、その咎《とが》により、外様扱いとされたのだった。

これは無論、現会長である今岡が下した決定ではあるが、実際には前会長であり和馬の実の父親である岩戸兵衛の意思が働いたものであることは明らかだった。

そうしたことを、今からおよそ八カ月前になるあの春の日に、ハーレーダビッドソンに乗っていきなり現われた岩戸兵衛との会話によって、浩介はみずから確かめたのである。

「さあ、もういいだろ。そしたら、制服警官の仕事に戻って、自分の巡回区域をパトロールしろよ」

沢田が吐き捨てるように言って根室を追い立て、

「ま、おまえも大変だろうが、このおバカ主任の手綱をよく握っておいてくれ」

ついでに浩介のほうに顔を向け、本気とも戯言ともつかない口調で告げたときのことだった……。

パン、パン、パンと、乾いた音が連続的につづき、少し間隔を置いてさらにまた三つ——。

それは、警察官ならば誰でも反射的に伏せるか、身を護《まも》ってくれる物陰に隠れるようにと訓練を受けてきた音だった。

拳銃の発射音——。

沢田と田口が驚き、きょろきょろと周囲を見回した。ビルが密集した新宿のようなエリアでは、音がビルの外壁に反響し、特に車内では正確な方角を判断しにくいのだ。

車外にいる浩介たちのほうが、逸早《いちはや》く正確な判断ができた。

2

「あの店の中で発砲だ！　すぐに応援を要請しろ」

　身を低くしていた根室が車内の男たちに命じ、先頭を切って中華飯店のエントランスへと駆けた。

「おい、ムロ！　勝手なことをするんじゃねえ」

　私服の沢田が根室を怒鳴りつけ、運転席の田口に「応援要請しろ！」と命じたときにはもう、自分も車外に飛び出していた。

　根室は、すぐ後ろについて店のエントランスへ駆ける浩介をちらっと振り向き、

「おまえ、銃を持った相手と対峙《たいじ》したことは？」

　尋《たず》ねる間も、常に周囲への注意を怠《おこた》らず、さっきまでとは違う精悍な顔つきになっていた。

「あります」

「よし。じゃ、怖気《おじけ》づくなよ。それから、絶対に無理をするな」

　根室はそう命じつつ、ホルスターのフックをはずして拳銃を抜いた。

　同じく銃を抜いた浩介は、その瞬間、予想もしなかった緊張に襲われた。目の前の砂山

がいきなり崩れて体が埋まり、息ができなくなったみたいな気分だ。

根室からの問いに、嘘《うそ》を答えたわけではなかった。ゴールデン・モンキー絡みの事件のとき、グループのヘッドだった磯部祐一《いそべゆういち》が、仁英会に騙《だま》されたものと思い込み、岩戸兵衛を襲って来た。あのとき……、浩介は咄嗟《とっさ》に岩戸の体にのしかかり、身を以《もっ》て銃弾から岩戸を守ったのだ。

だが、あれは夢中で取った行動だったし、自分も銃を抜いて相手に対峙したわけではなかった。いや、それよりも何よりも、あれから時間が経《た》てば経つほど、あのときの経験が大きな恐怖となって、重たくのしかかっていたのである。

時間が経ったあとのほうが、恐怖が雪だるま式に巨大化し、身動きが取れなくなっていた。恐怖とは、目の前にあるときよりもむしろ、過去から現在を脅《おびや》かすものらしい……。

あの瞬間は無我夢中だったので拳銃の前に飛び出せただけで、もしも次に同じことが起こったら、二度とあんな真似はできない気がする。

銃弾が、すぐ体の脇をかすめた感覚を、浩介はよく覚えていた。頭のすぐ脇をかすめた銃弾が塀《へい》で弾《はじ》けたときの、風を切る音と弾ける音が鼓膜《こまく》に張りついていた。

今でもときどき、あのときの光景が夢で鮮明によみがえり、夜中にはっと目が覚めてしまうことがあるのだ。

フラッシュバック……。

あれをトラウマとかPTSDと呼ぶのだろうか……、身動きができない冷たい闇の底に、たったひとりで突き落とされたような気分になる。

だが、それを誰にも打ち明けて相談できずにいた。相談すれば、警察官としての足下が、がらがらと音を立てて崩れていくような気がした……。

「行くぞ」

「はい」

浩介は、根室と沢田のふたりとともに、中華飯店のエントランスに駆け込んだ。両開きの自動扉が、やけにゆっくりと開くように感じた。

数人の男や女たちが、悲鳴を上げながら浩介たちのほうへと殺到《さっとう》して来た。中には子供連れの客もいた。

「あわてずに、表へ出てください。表にも警官がいます」

沢田が彼らに言い聞かせ、表にいる田口に託す。

エントランスを入った正面は壁で、その真ん中に大きな銅鑼《どら》を模した装飾品がかかり、中国語で何か意味がわからない四文字の言葉が書かれていた。

壁は二間《にけん》ほどの幅で途切れ、左右から店の中へと回り込めるようになっている。壁の右端に根室が顔をぴたりと寄せて立ち、中の様子を窺った。沢田のほうは、左側だ。浩介も壁の右に寄り、根室の傍《そば》に背中をつけた。

「警察だ。抵抗をやめろ！」

根室が大声で警告を発したが、それを掻《か》き消すようにしてまた銃声が響く。

「巻き込まれた様子の負傷者はいない。どうやら、無関係な客などは、みんな外へ逃げたみたいだ」

壁の端からそっと顔を出して様子を窺った根室が、抑えた声で状況を告げてから、

「おい、銃は？　携帯してないのか？」

沢田に訊く。

「ただの張り込み中だぞ。携帯許可は出ていない。特殊警棒があるだけだ」

沢田は特殊警棒を抜き、先端を振って伸ばした。三段式の53型だった。

現在、制服警官が使用している警棒は二段式の65型だ。このほうが頑丈《がんじょう》で長いのだが、重量や収納時のコンパクト性を重視する私服刑事の中には、三段式の53型や41型を携帯する者も多かった。

「くそ、丸腰かよ。じゃ、無理をするなよ。粋《いき》がって、命を落とすバカはいねえぞ」

「わかってるよ」

店内の様子がわからないまま、闇雲《やみくも》に突入するわけにはいかない。浩介も体を低く屈めて立膝を突き、根室の腰の辺りに体を沿わせながら、壁の端からそっと顔を突き出した。

男たちのひとりがこちらに銃口を向けていることに気づいてすぐに顔を引っ込めたが、

およその様子は見て取れた。

中華風の円卓が、五つ六つ真ん中に配され、左右の壁際には四人掛けのテーブルが並んでいた。ちょっと前に根室も言ったように、無関係な客は全員無事に逃げたようで見当たらなかった。

広いフロアの奥の壁に、個室用と思われるドアが等間隔で三つ並び、ドアとドアの間の壁に原色模様のステンドグラスがはめ込まれていた。

襲撃者と思われるヤクザ風の男たちは、おそらくふたり。しかし、どうしたことかコック服を着た男も三人、鉈《なた》や中華料理用の大包丁を振りかざし、仁英会のボディーガードの男たちに襲いかかっていた。

ボディーガードは、奥の壁にある真ん中のドアの左右、すなわち壁のステンドグラスの前に倒れてのたうち回っていた。体のあちこちを切りつけられ、既に戦闘能力はなくなっている。

あの奥の部屋に、今岡や西沖たち仁英会の幹部がいるのだ。襲撃者の男たちふたりは、ドアに向かって発砲していた。

「浩介、ビビるなよ。長引かせるわけにはいかん。制圧するぞ」

「はい」

根室の落ち着いた声が頼もしかった。それに、どうしたことかこの襲撃現場を見ることで、浩介の中に巣くっていた恐怖が嘘のように消えてなくなっていた。よし、やれる！

「警察だ。すぐに武器を捨てろ！」

根室と沢田が目配せすると、口々にそうしたことを高らかに告げつつフロアに突入する。浩介も、後れを取らなかった。

鉈や大包丁を持った男たちが狙いを切り替え、中国語で何か喚きながら浩介たちへと迫って来た。警察官を相手にして、しかも浩介と根室のふたりは銃を構えているというのに、まったく怖気づく様子はなかった。

新宿で勤務に就《つ》いてから、こうした命知らずの中国人に出くわすことが何度かあった。最初はその無鉄砲ぶりに驚いたものだが、そのうちに気がついた。連中は、日本の警官が、たとえ鉈などの凶器を振りかざした人間に対してでも、いきなり発砲できないことを知っているのだ。

必ず警告を発さなければならないし、可能な限り頭部と胴体以外の部分を狙わなければならない。無論、手足に被弾しても大怪我だし、狙いが逸《そ》れてもっと深刻な負傷に至ることも考えられるが、たぶん「日本の警官は恐れるに足りず」といった話を、連中は繰り返し誰かから吹き込まれているにちがいない。

浩介は銃をホルスターに納めて、特殊警棒を抜いた。勢いよく振って先端を伸ばし、相手が力任せに振り下ろして来る鉈の軌道をかわして手首を打った。

骨の折れた手応えがあり、男は鉈を落として苦痛の呻《うめ》き声を上げた。鳩尾《みぞおち》を狙って突くと、顔を歪めて床にうずくまった。

(制服警官を舐《な》めるなよ！)

そのときには、根室が同様に警棒でもうひとりを打ちのめしていた。浩介とは異なり、左手に銃を持ち替えて構えたまま、右手で警棒を振っている。

沢田が振り下ろした警棒が、三人目の男を打ちのめしたが、それと同時に折れ曲がってしまった。旧三段収縮式警棒の短所は、強度が充分でないため、力を込めて殴り過ぎると一撃で曲がってしまうことなのだ。

だが、中国人らしき連中は、これで全員を撃退した。

銃を持った男のひとりが、奥のドアの前から浩介たちに向かって発砲し、浩介たちはテーブルの陰に飛び退《の》いた。

「警察だ。抵抗すれば撃つぞ」

警告を発するも、発砲をやめない男の脚を、ついには痺《しび》れを切らした根室が狙い撃った。

しかし、男は倒れてもなお、警官への発砲をやめなかった。

もうひとりの男が椅子《いす》を両手で持ち上げ、奥の壁のステンドグラスに向けて放り投げた。彩《いろど》り豊かなガラスが粉々に砕け落ち、小部屋の中の様子が露わになった。

男たちがふたり、ドアの前に丸テーブルを立てかけ、必死になって敵の侵入を防いでいた。

別の男たちが四人、部屋の最奥に寄り集まって立っていた。その中からひとりだけ、西沖達哉が前に出て、他の三人の弾避《よ》けとなった。

(撃たれる……)

ステンドグラスを割った男の拳銃が西沖のほうへと突き出され、浩介は息を呑んだ。西沖の撃たれる姿が脳裏《のうり》をよぎっていた。

だが、予期せぬ奇跡が起こった……。

男は銃を構えたまま、部屋の中に片足を踏み入れたところだったが、その姿勢で一瞬、発砲をためらったのだ。あるいは、拳銃に何らかのトラブルが起こったのかもしれない……。

次の瞬間、丸テーブルを支えてドアを押さえていた男の片方が、襲撃者に向かって突進した。

ツルだった。

ツルのごつい肩に撥《は》ね飛ばされた男は、ちょっと前までステンドグラスがはまっていた外枠に足を取られて転倒した。後頭部を床に強《したた》かに打ちつけ、その拍子に拳銃が手を離れて滑っていった。

この男を取り押さえるチャンスだが、根室に足を撃たれて床に転がってもなお抵抗をつづける男のほうが拳銃で狙っているため、浩介たちは身動きが取れなかった。

　この男の拳銃が小部屋へと向きかけた瞬間、再びツルがためらいなく躍りかかっていった。

　銃声がして、浩介はツルが撃たれたものと思ってひやっとしたが、弾が逸れたらしく、ツルは巨大な体でのしかかった。

「逮捕だ！」

　根室が声を上げて飛び出し、浩介と沢田もすぐにつづいた。

　根室と浩介のふたりがかりで、ツルが押さえつけていた男の腕から銃を奪い、代わりに手首に手錠をはめる。

　もうひとりのほうは、沢田が投げ飛ばして取り押さえた。

　制圧したのだ！

「動くなよ。誰も、その場から動くんじゃねえぞ！　怪我人は、すぐに救急車が来るから安心しろ！」

　根室圭介が、周囲を見回して大声で命じた。手錠をかけられたヤクザ風の男がふたりに、警棒で殴られて制圧された中国人が三人。その他に、仁英会のボディーガードと思われる男たちが複数負傷し、小部屋の入り口付近に血まみれで倒れている。

　パトカーのサイレンに混じり、救急車のサイレンも近づいて来る。

「よくやったなあ〜。ツルよ、おまえは俺たちの命の恩人だぞ！　おまえが仁英会を救ったんだ。ツルよ。なあ、ツルよ、よくやった‼」

そのとき、小部屋の壁際に立っていた男たちのひとりがいきなり大声を上げた。

「おい、動くな！　動くなと言ってるだろ。警察の命令を聞け」

根室がそう言って制止するも、男はそれを無視して小部屋から飛び出し鶴田昌夫に走り寄ると、小柄な体で伸び上がるようにしてその巨体を抱き締めた。体の大きさが違うため、どちらかというとしがみついているようにも見える。

この男が岩戸虎大だった。

「でかしたぞ、ツル！　兄貴だって、今岡さんだって、おまえがいたから救われたんだ。な、そうだよな、兄貴」

「ああ、まあな……」

兄の和馬が低い声で応じ、今岡のほうは無言で小さくうなずいた。ふたりとも、苦虫《にがむし》を嚙み潰したような顔をしている。

和馬と虎大は、よく似た兄弟だった。目鼻立ちにはどこか父親の兵衛につながる面差《おもざ》しがあったが、ふたりとも父親とは違って小太りだった。さすがにスーツの好みは異なるものの、髪型はふたり揃《そろ》って頭頂付近をやや長めに残したソフトモヒカンで、眼鏡も黒い縁が目立つ同じようなものをかけている。

兄の和馬のほうが背丈《せたけ》も横幅も一回り大きく、浩介はロシアのマトリョーシカを連想した。あの人形みたいに、弟の虎大が兄の中にすっぽりと納まりそうだった。

「中国人たちは、金で雇われただけで何も知らなかったわ。それから、ここの店主は無関係よ。一緒に働いている妻と息子が縛《しば》られて、奥の部屋で見つかった。ふたりを人質に取られて脅《おど》され、協力させられただけだと言ってる。無論、念のためこれからウラを取るけれど、妻たちはほんとうに怯《おび》えきっているし、店主も嘘を言ってるようには見えないわね」

新宿署の「ビッグ・ママ」こと深町しのぶが、浩介たちを前にそう説明した。

「実行犯ふたりの身元はわかったのか？　連中は、日本人のヤクザだろ」

との根室の疑問への答えは、こうだった。

「指紋からすぐに割れたわ。あんたが撃ったほうが岸田徹次《きしだてつじ》で、もうひとりが佐藤英也《さとうひでや》。ふたりとも、三年前に解散した池袋《いけぶくろ》の《藤岡《ふじおか》興業》の構成員だった男たちよ」

「ふうん。池袋のはぐれヤクザか――」

根室はしのぶの言葉を吟味《ぎんみ》するように、独りごちた。

ヤクザがヤクザでいられなくなるケースはふたつある。そのひとつは、自分が属する組織から「破門状」を突きつけられた場合だ。破門を受けた事実は、日本国中の組織に即座に伝わるので、その後もうどこの組織からも相手にされなくなる。

もうひとつは、組が解散し、拠《よ》り所《どころ》がなくなってしまう場合だ。どこかの組織が身柄を引き取って面倒を見てくれればいいが、そうでなかった場合には、やはり孤立してしまう。こうした点を利用して、ヤクザ組織は組員同士の結束を強め、また、服従させるのだ。

「はぐれヤクザ」となった者が、一般社会に戻り、いわゆる普通の仕事を探そうとしても難しいのは言うまでもない。

結果として、生活に困窮《こんきゅう》して犯罪に走るか、あるいはどこかの組織から、相応の報酬や、その後の身分の保証をしてもらって汚れ仕事を引き受けることになる。

暴力団対策法の成立以降、組織の構成員がヒットマンとなって事件を起こせば、自動的にトップの人間まで検挙されるようになったので、こうした形で外部の人間を使うケースが増えていた。

つまり、今度のケースも、仁英会と利害関係で対立する新宿のどこかの組が、ふたりのはぐれヤクザを雇って夕食会を襲撃させた可能性が考えられるのだ。

「もう佐藤の聴取は始まってるし、負傷した岸田のほうも傷の手当てが済み次第、聴取を始めます。それに、池袋に捜査員が飛びました。向こうの所轄に協力を仰《あお》ぎ、最近、ふたりと接触を持っていた組織がないかを調べるつもりです」

これは、しのぶが、かつての上司である重森周作に向けて言ったものだ。制服警官として新宿の交番を長年にわたって守りつづけてきた重森は、本庁も含む様々な捜査畑に、元は部下だった捜査員が存在する。

そういった者たちは皆、今でも重森に敬意を抱《いだ》いており、こうして捜査状況を説明して聞かせてくれる。しのぶも、そんなひとりなのだ。

根室と浩介は、上司である重森も立ち会いの下《もと》、襲撃現場となった中華飯店の外で新宿署の刑事たちから一通り事情を聞かれたところだった。岸田徹次に根室が発砲したことの正当性を巡り、今後、根室本人だけではなく、同じ現場に居合わせた浩介と沢田のふたりも別個に聴取を受けることになっていた。

警察官が発砲した場合には、その妥当性をこうして厳格に審査するのだ。

「やはり、仁英会を狙うとすれば、《嘉多山《かたやま》興業》を真っ先に疑ってかかるべきだろうな」

根室が指摘した。

仁英会と嘉多山興業が対立関係にあることは、新宿では有名な話だ。

岩戸兵衛と嘉多山剛造《ごうぞう》という先代同士が、若い頃から犬猿の仲なのだ。

現在の仁英会は岩戸が押し上げた今岡譲がトップを務め、嘉多山興業のほうも剛造が現役を退いたあと、現在では息子の哲鉉《てつげん》が会長の座にあったが、昔からの確執は尾を引いたままだ。

去年の秋にも、静岡《しずおか》の精密機械メーカーである《青山《あおやま》精機》を巡ってこのふたつの組織が対立し、最後には仁英会の構成員だった平出悠《ひらいでゆう》という男が殺害された。この平出は西沖の舎弟だった男で、しかも、ヒットマンの手により、西沖と浩介の目の前で刺殺されたのだ。今でもあのときの光景は、浩介の目に焼きついていた。

「実は、藤岡興業の会長だった男は、嘉多山興業の現会長である嘉多山哲鉉とかつて兄弟分の関係にあったことが判明しています。藤岡興業が消滅したとき、その関係で、幹部を含む何人かの身柄を、嘉多山興業が引き取っているんです。その中に、今回の実行犯である岸田と佐藤のふたりと接触した人間がいるかもしれません」

「なるほどな」

重森がうなずき、

「ところで、仁英会のほうはどうなるんだ?」

根室が訊いた。

鶴田昌夫以外のボディーガードは全員が負傷したため、既に病院に搬送されていた。現会長である今岡譲以下、岩戸兵衛の次男と三男に当たる和馬と虎大、それに西沖達哉と鶴田昌夫の五人は、事情聴取のため、新宿署に移送されていた。

「一網打尽《いちもうだじん》にしたいところだけれど、現場を見る限り、今回はそうはいかないでしょうね。連中は被害者だし、ボディーガードも含め、誰ひとり凶器となるものは身に帯びてなかったわ」

「身内の食事会だったようだからな。そんなところに万が一、手入れを喰らい、検挙される愚を避けたんだろ」

根室はそう意見を述べてから、

「それにしても、襲って来た連中には、今岡と岩戸兄弟の三人が、ここで集まって食事をする情報が入ってたわけだ。おそらくは、丸腰でな——。いや、待てよ……、店主の家族を縛り上げ、店主を脅して従業員のふりをした上で待ち伏せてたんだから、正確な情報を予め掴んでいたことになる。こりゃあ、色々と調べなけりゃならないことが多そうだな」

その後、独り言《ひとりごと》を装《よそお》って言い、しのぶの意見を求めたが、

「ま、そうね。でも、それは私たちの仕事だから、あんたが気にしなくても大丈夫。今夜は、御苦労だったわね」

しのぶに、あっさりといなされた。

「それでは、これから取調べがありますので、私はこれで失礼します」

重森に礼儀正しく頭を下げて、その場を離れかけるしのぶのことを、浩介はあわてて呼びとめた。

「待ってください。実は、ちょっと気になったことがあるんですが」

「何？　何かあるなら、遠慮せずに言ってちょうだい」

「実は……、襲撃犯のひとりが西沖達哉たちに拳銃を突きつけたにもかかわらず、一瞬、

発砲をためらったように見えたんです」

「発砲をためらった――？」

と訊き返され、浩介は逡巡《しゅんじゅん》した。こんなことを言っても、捜査に混乱をきたすだけかもしれない。

「はい。そこに鶴田昌夫が横から組みついたんです」

しのぶは顎を引いて考え、

「どう、あなたにもそう見えたのかしら？」

根室のほうを向いて確かめた。

「いや、俺のところからは見えなかった。こっちに向かって発砲して来るもうひとりのやつに対処するので、手一杯でもあったしな」

「そっか」と、しのぶは再び考えた。「で、浩介、あなたは何が言いたいの？　もしかして、西沖達哉がその襲撃犯たちとつながっていると言うの？」

「まさか……、そんなことは……」

しのぶから指摘されて驚くとともに、自分が言い出すことをためらった本当の理由を知った。この話をすれば、しのぶがこう考えることが怖かったのだ。しかし、西沖達哉が襲撃者とつながっていることなどあり得ない……。

「銃に何か不具合が生じ、弾が出なかったのかもしれません」

「そうね、その可能性もある。そうしたら、そういった点も含めて、襲撃犯の佐藤英也を問いつめるわ」

しのぶはそう言って話を締めくくった。

だが、今度は遠ざかる前に自分から振り返った。何か用件を思いついたらしい。

「そうだ、浩介。あんた、あのあと、岩戸兵衛とは会ったかしら？」

わざわざ戻って来ると、顔を寄せて来て小声で訊いた。

今年の春、ゴールデン・モンキーというハングレ集団のボスだった磯部祐一が、岩戸兵衛の命を狙ったとき、浩介が咄嗟に身を以て岩戸を庇《かば》った。その数日後、岩戸がハーレーダビッドソンで浩介の前に現われたことは、重森としのぶには報告してあった。

「いえ、あれが最後です」

「それならばいいのだけれど。この件で、久々にあの老人に会うことになるかもしれない。そのときには、シゲさんに言って、あなたにも来てもらうことになるだろうから、そのつもりでいてちょうだい」

「俺が、ですか……」

「そうよ。だって、あなたは、あの人の命の恩人だからね」

新宿で襲撃による発砲事件が起こった以上、警戒を緩《ゆる》めるわけにはいかない。上層部は素早く判断を下し、非常警戒態勢が取られることになった。

それに伴い、浩介たちのシフトも勤務時間が延長された。非常事態が生じた場合には、人員確保のため、こうした決断がなされるのだ。

班長の重森が、その旨《むね》を花園裏交番の面々に伝えたあと、ふと思いついた様子で浩介のほうを向いた。

「そういえば、親父さんと会う約束は、今夜じゃなかったか——?」

浩介の父親は、故郷の町で警察官をしている。交番勤務一筋で来て、あと数年で定年を迎える。その父が、昨日から研修で東京へ出張して来ており、今夜は一緒に食事をする約束になっていた。研修施設が代々木《よよぎ》だったため、その近くの大衆酒場をネットで調べて浩介が予約したのだ。店の選定は、「気の張らない場所がいい」との父親の希望によった。

だが、非常警戒態勢が敷かれた時点で、浩介はもう今夜、父と会うことは諦《あきら》めていた。父親だって警察官なのだから、こうした事態はわかってくれるはずだ。

「親父さんは、いつまでいるんだ?」

交番勤務に配属されて以降、浩介は故郷に帰っていなかった。父親とも、もう四年近く会っていない。重森がそう尋ねたのは、そうした点を気にしたためかもしれなかった。

「今夜の深夜バスで——」

浩介はそう答えてから、すぐにつけ足した。

「しかし、大丈夫です。父とはいつでもまた会えますし。それに、この状況で仕事を抜けたら、かえって叱《しか》られると思います」

制服警官は、勤務中は私物の携帯電話は持ち歩けない。

「本当に大丈夫ですから」

浩介は重ねてそう答え、重森の許可を得た上で、職務用の電話を使って父の携帯に連絡を入れることにした。

「なるほど。それならば勤めが優先だ。俺のことは構わないから、しっかりと働け」

浩介の説明を聞いた父は、電話口ですぐに言った。

「じゃ、職務中だろうから、電話を切るからな」

そして、ほとんど話もしないうちに、自分のほうから電話を切ろうとした。

「そういえば、会って何か話したいことがあると言ったよね」

浩介は、あわててそう話題を振ってみた。会食の場所を伝えたとき、父はそんなことを言っていたのだ。何か聞いておいたほうがいいことかもしれないと思ったし、父ともう少し話していたかった。

「いや、いいんだ、あれは。会って話そうと思ったんだが、別段、急ぎではないし……。次の機会にするさ。今は、仕事に専念しろ」

しかし、父はそう言い置き、浩介が戸惑うほどにあっけなく電話を切ってしまった。

過去の小箱

1

「おう、ここだここだ、浩介――」

新宿高速バスターミナル、通称「バスタ新宿」のインフォメーションカウンターの傍《そば》に立っていた父が、浩介を見つけ、伸び上がるようにして手を振った。

結局、浩介たち〝昼勤〟のシフトだった班は、十一時までの超過勤務となった。それは、寮ではなく自宅から通勤する者たちの帰宅時間を考慮したためだった。浩介たち寮暮らしの警官ならば徒歩でも帰れるが、遠方の自宅へ帰る者のタクシー代を出すような余裕は警察にはないのだ。

時間を気にしつつ、あわてて私服に着替えた浩介は、タクシーを飛ばして来た。

「ほんとに大丈夫だったのか?」

「ああ、大丈夫だよ。夜勤の連中は、朝まで警戒態勢で大変だろうけれど、僕らは十一時で上がれたんだ」

一度LINEでやりとりした内容を、父と子は改めてなぞるように会話した。久々に父と会う照れ臭さで、ぎごちない言葉しか出て来なかった。

「何か飲もうか。動きっぱなしで、喉《のど》が渇いてるだろ」

父も同じように照れ臭いのか、浩介とあまり目を合わせないようにして言い、周囲を見回した。

しかし、生憎《あいにく》、喫茶店のようなものは見当たらない。

父子は自販機へと歩き、父がコインを入れて冷たい缶コーヒーを二本買った。タブを開けて飲み出すと、すごく喉が渇いていることに気がついた。非常警戒態勢で街を歩き回る間に、防寒着の中がすっかり汗ばんでいた。その後、あわてて着替えてやって来たので、水分補給をしていなかった。

待合所の椅子《いす》に空いているところを探したが、日付が変わる前はバスの便が多いのか、椅子は利用客でびっしりと埋まってしまっていた。

「出発まで、あとどれぐらい――？」

父子は人の流れの邪魔にならない壁際に移動し、立ち話を始めた。

「十五分か……。まあ、五分前には乗ってなきゃならないだろうから、十分ぐらいかな……。大変だったようだな……」

父が話を振って来て、浩介は当たり障《さわ》りのない範囲で答えるに留《とど》め、自分が襲撃事件の現場に先輩警官とともに突入したことは言わなかった。いったん話し出したら、バスが出るまでの間、その話題だけになってしまう気がしたし、話せば父を心配させるだけのようにも思われた。父は制服警官としてずっと故郷の町を守りつづけて来たが、今夜のような事件に遭遇したことがあるとは思えなかった。

「そういえば、何か話があるって言ってたね」

と話題を変えると、

「ああ、そのことか——。会って話したかったんで、電話では言わなかったんだが……」

そう応じてから、父は少し考えた。

「まあ、一応、参考として耳に入れておく程度だと考えてくれ。うちの県も、警察官の人手不足が段々深刻化してな。来春から、UターンやIターンの警察官を募集することになったんだ。県外で警察官として働いている若手警察官の再就職を認める制度さ。応募資格は三十歳以下で、三年以上警察官を務めて来た者だったかな。一応、簡単な筆記試験と面接を行なうが、希望者は積極的に登用したいというのが上層部の考えなんだ」

「————」

「浩介は、来年、三十だろ。それに、警察官になって、今年で四年目だったよな」

「うん、まあ」

と応じた声に、気乗りのしない響きを感じたのか、

「まあ、考えてみてくれ。一応、情報を報《しら》せておこうと思っただけだ。もしも、その気があるのならば、母さんも喜ぶかと思ってな……」

父はそんなふうにつけ足した。

「そうだね。一度考えてみるよ――」

浩介は、努めて明るい声を出した。決して気乗りのしないわけではなかった。しかし、故郷の町に戻って警察官をつづける自分を想像できなかった。

きっとそれは、新宿で警官をやっているのとは、大きく違う暮らしなのだろう。勤務中も、勤務がないときのプライベートも、違う気持ちがするものなのだろう……。

会話が途切れ、バスの出発時間などを告げるアナウンスの声が気になった。どこか非人間的に感じられて耳につく女性の声が、行き先、出発時間、そしてバス乗り場の番号を滞《とどこお》りなくスムーズに告げていた。

まだ普通の会社員が冬休みを取れる時期には少し早いせいか、出発を待つこの四階フロアには、大学生らしい年頃の若者たちが多かった。だが、かつては帰省にJRや飛行機を使っていただろう中年以降の年代の人間も、ちらほらと交じっている。

四年近く会っていなかった父が、あっという間に自分の傍からいなくなってしまう

……。そう思うと、急に寂しさが込み上げた。交番は一年中シフト通りの勤務が要求され、盆も正月も関係ないのは事実だったが、上手く休みを取って帰ろうとさえすればできないわけはなかったのだ。

それなのに、一度も帰ろうとしなかったなんて……、自分の親不孝が悔まれた。

「浩介……、おまえ、もしかして、西沖監督がいなくなったときの、父さんの対応を気にしているんじゃないのか……?」

「――――」

父にいきなり切り出され、浩介は何と応じていいかわからないまま、黙ってその顔を見つめ返した。

その顔つきや口調から、父がいざこの言葉を口にする前に、何度となく胸の中で反芻《はんすう》していたことが察せられた。何の前置きもなく、間もなくバスが出てしまうときになって唐突に切り出してしまったことが、父の切羽詰まった気持ちの表われに思えた。

「そんなことはないけれど……」

浩介は反射的に否定しそうになり、途中でそれを呑《の》み込んだ。

「新宿で、西沖さんに会ったんだ」

そんな言葉が、口を衝《つ》いて飛び出した。

「西沖さんは、この新宿を縄張りにするある暴力団の構成員になっていた」

「――」

父の驚愕《きょうがく》が伝わった。

「あの人が……、ヤクザに……」

「父さん……、西沖さんは、十年前、なぜいきなり監督を辞《や》め、僕らの前からいなくなってしまったんだろう……？」

「やはり、そのことか……」

父は、つぶやくように言い、やがて、バスの出発時刻を示す表示板のほうへ目をやった。

「ええと、確か、○時台にももう一本あるはずだ。それに換えて来るから、ちょっと待っててくれ」

口早に言い置き、浩介の返事も待たずに発券窓口のほうへと駆けて行った。

「最初に断わっておくが、俺が知っていることの裏で、ほんとは何が起こっていたのか、今でもよくわからないんだ。はっきりしてるのは、あの事件のあと、西沖達哉がいきなり町から消えたということさ」

父はそう話の口火を切った。

ふたりは、待合所の椅子に並んで坐《すわ》っていた。バスが一本出て行くごとに、待合所にいる人の数は減り、今では間隔を置いて坐るぐらいになっていた。

「あの夏の初めだ。女性が裸足《はだし》で助けを求めて来たと、管轄エリアにある別荘の管理事務所から通報があったため、俺と相棒で駆けつけた」

「え……、父さんが……」

浩介は、思わずつぶやいた。

父は警察官として何か知っている。そして、警察官であるが故《ゆえ》に、それを何も告げずに胸の中に抱え込んでいる気がしていたのは事実だったが、まさか父自身が何らかの形で直接関わっていようとは思っていなかったのだ……。

「びっくりするなよ。制服警官の日常の業務さ」

父は、苦笑した。

「髪の長い、美しい女性だったよ。しかし、衣服は破れ、顔には痣《あざ》ができ、唇の端が切れていた。真夏だというのに、がたがた震え、血の気の失《う》せた真《ま》っ青《さお》な顔をしていた。どう見ても、強姦事件の被害者だった。俺たちは、すぐに彼女を病院に運んだ。こういったケースでは、少しでも早く聴取を行なう必要があるだろ。治療が終わるのを待って、医者から時間をもらって彼女の話を聞いた。彼女は芯の強い勝気な女性で、ショックを受けてはいたが、比較的しっかりとした口調で何が起こったのかを証言したんだ。別荘でパーティーがあると誘われて出かけたら、その別荘の持ち主とふたりきりにさせられて強姦された。相手の隙《すき》を見つけて、必死で逃げて来た。一言でいえば、そういう事件だった。俺たちは記録を取り、必要な検査を済ませた上で、翌日、改めて話を聞かせてもらう約束をして、さらにはその別荘の持ち主を調べた。管理事務所に戻ってデータを調べてもらい話を訊《き》いたんだ。すると、その別荘は遅くまで騒いでいると近くの利用者から苦情があったり、前にも女性の悲鳴が聞こえたとの報せがあったことなどがわかった。制服警官の仕事は、ここまでだ。本署に報告し、あとは刑事課に引き継いだ」

父はそこまで一気に話してから、ふっと黙り込んだ。目の前の段差を飛び上がるために、体重を移動させかけている人のようだった。

「ところが……、翌日、刑事課の私服警官が彼女を訪ねて聴取を行なうと、なぜだか急に証言を渋るようになっていた。捜査員は、最初に話を聞いた父さんたちも立ち会わせることにして、改めて一緒に訪ねたが、確かに彼女は何も喋《しゃべ》ろうとはしなかった。疲れているからあとにしてほしいと言うばかりで、それになぜだか彼女を診察した医者までもが同調し、俺たち警官を遠ざけるようになっていた。そして、さらにその翌日だったか、翌々日には、彼女は証言を一八〇度変えたんだ」

「なぜ……？」

「理由は、事件を担当した刑事が教えてくれた」

父はそう述べ、浩介の故郷を選挙区とするヴェテラン国会議員の名前を挙《あ》げた。

「別荘の実質上の持ち主は、その男だったんだ」

「そうしたら、その議員が事件をもみ消した……？」

「本人か、もしくはその周辺で権力に群がっている誰かの指示だろう。彼女に暴力を振るった張本人は、この男の息子だった。被害者の女性の実家は、当時、温泉宿をやっていたんだが、国会議員の息のかかった土建屋など複数の会社が、その旅館の得意客だった。この男の息子も、こうした会社からの接待でここを利用したことがあり、女将《おかみ》見習いとして働く彼女を見染めたらしい。それで、悪い仲間と言い合わせて、強引に別荘に誘ったのさ。この息子というのはタチの悪い男で、前にも強姦事件で二度訴えられていた。以前にも、似たような手口を使っていたらしい。しかし、その度《たび》に弁護士が間に入り、二度とも訴えが取り下げられていた。事件化しなかったケースは、他にもあるのかもしれない」

「父親の権力を笠に着て、悪さをしつづけて来たわけだ……」

「そういうことだな。どこの温泉旅館も経営が苦しい。よほど流行《はや》っている温泉街でないかぎり、どこも青息吐息だ。これは事件を担当した捜査員が教えてくれたことだが、この被害者の実家も、銀行などあちこちに、かなりの額の借金があったらしい。しかし、それが全額返済されたそうだ。それに加え、得意筋の客からも、圧力がかかったということさ」

「ひどい話だ……」

「ああ、そう思う。しかし、これはまだ、事件の半分に過ぎない。事件は、これだけでは終わらなかった。衆議院が解散し、あの夏は総選挙の真っ最中だったことを覚えているか?」

「そういえば、そうだったかな……」

父の問いに、その程度の答えしか返せなかった。確かに選挙カーがうるさかったような気もするし、テレビなどで選挙関連のニュースを伝えていたような気もする。しかし、高校球児だった浩介にとっては、正直なところ、ほとんど関心のない出来事だった。

「被害者が訴えを取り下げた翌週だった」

と、父は話を再開した。

「確か、四、五日経《た》っていた気がする。選挙事務所の駐車場で、この国会議員の息子が、刃物を持った暴漢に襲われた。腕や背中など数カ所を切りつけられ、腹を刺され、搬送先の病院で翌日亡くなった」

話を聞くうちに、段々と記憶がよみがえってきた。田舎《いなか》町には珍しい大事件で、東京からもマスコミが押し寄せて大変な騒ぎだった。警察官である父も、何日かは休日を返上し、連日、遅くまで勤務していたような気がする。

「そうか……、あれは、あの夏の出来事だったのか……」

浩介の記憶が、つながった。その刺された息子が複数の強姦事件を起こし、それを父親がもみ消していたことが報じられ、大スキャンダルとなった。そして、父親は選挙区では落選したのだ。

「でも、あの事件と西沖さんと、いったいどんな関係が――？」

「政治家の息子を刺した若者は、西沖達哉の元の教え子だった。西沖達哉は、浩介の高校で監督をする前に、二年ほど別の高校で野球の指導をしていた。そのとき、彼が選手だったそうだ。そして、その若者は、女性被害者の弟だった」

「――」

「しかも、それだけではなく、選挙事務所付近の防犯カメラに、西沖の姿が映っていた。時刻は、事件が起きるほんの少し前だった」

「西沖さんは、ただ、昔の教え子を心配して、そこに行ったのでは……？」

「俺もそう想像した。しかし、西沖自身は、取調べで何ひとつ語らなかった。夏休みの間だったので、おまえたちは気づかなかったのかもしれないが、その関係で担当刑事が学校を訪ねたりもしたんだ。もしかしたら、それで居づらくなったのかもしれない。西沖達哉は、その数日後に、いきなりいなくなってしまったのさ」

「それにしても……。ただ犯人と疑われただけで、僕ら野球部員に一言も告げず、どこかにいなくなってしまうなんてあり得ないよ……」

「そうだな。きっと、もっと何かがあったんだ。俺たちの知らない何かが……。そうでなければ、ひとりの人間がいきなり消え失せ、その挙句《あげく》、新宿の暴力団の一員になるわけがないものな……。しかし、裏で何があったのかは、俺にはわからないんだ。担当した刑事にも訊いてみたが、やはり何も知らなかった……」

「犯人は逮捕されたんだよね？」

「ああ、されたさ。自首してきた。そういえば、その若者は、地元の暴力団の準構成員だった。もしかしたら、それが何か関係しているのかもしれない」

浩介は隣の椅子に坐る父が自分のほうを見ているのを感じたが、顔を向けることはできなかった。

実をいえば、警察が学校に来て、西沖達哉のことを聞いて行ったという噂は、当時からなんとなく耳にしていた。

あの夏、西沖達哉が姿を消したとき、父はなぜだか重苦しい顔をしていた。母や自分から西沖達哉がいなくなった話を聞いても、何かしらの思いをじっと嚙《か》み殺しているようであり、話に入りたがらない感じがした。

（父は、この件に触れられたくないのかもしれない……）

段々と浩介はそう思うようになった。

新宿で西沖と再会してからずっと、そのことを父に打ち明け、訊いてみることを望みつつ、ためらう気持ちがあったのは、あの父の姿が記憶の片隅に焼きついていたせいだ。

「俺が知っているのは、これがすべてだ」

浩介は、父へと顔を向けた。

「父さん……、十年も経ったあとで、人は元のように戻れるのかな？」

「十年か……」

父はつぶやき、そして、なぜだか少し微笑《ほほえ》んだ。

「確かに、いったんヤクザになった男が、カタギの暮らしに戻るというのは、並大抵のことではないだろう。しかし、浩介の歳だとまだ、十年はとても長い時間に思えるかもしれないが、父さんの年齢になると、あっという間に感じられるものさ。浩介が高校生だったのが、つい昨日のように思えるんだ。仕事のシフトがなかなか調節できなくて、四苦八苦した末に、やっと母さんと一緒に野球の試合の応援に行った日のことを、今でもありありと思い出すよ……。西沖達哉にとって、あの町で監督として浩介たちと過ごした月日が大切なものならば、決して戻れないことはないんじゃなかろうか。甘いと言われるかもしれないが、父さんはそんなふうに信じていたい……。そんなふうに信じている警官でいたいんだ……」

2

深町しのぶがパトカーで花園裏交番に乗りつけたとき、浩介は立番《りつばん》で交番の表に立っていた。

「シゲさんは中ね――?」

しのぶは窓を開け、車の中から浩介に確かめたのち、

「あんたにも話があるのよ。立番を代わってもらって一緒に来て」

車を降りると浩介も一緒に来るように手招きしつつ、見張り所へ入った。

「シゲさん、ちょっとお話があります」

見張り所の机で事務仕事を済ませていた重森に声をかけ、「相談室」が空いていることを確かめ、

「実は、この間の話なのですが、岩戸兵衛のほうから会いたいと言って来たんです」

いつもの性急な性格で、相談室に入るとすぐ、挨拶《あいさつ》もそこそこに切り出した。

「岩戸兵衛のほうから?」

「ええ。折り入って話したいことがあるので、私とシゲさん、それに、浩介を連れて会いに来てくれと言うんです」

襲撃事件から、一週間ほどが経っていた。

その後も「反社会勢力の動きには注意すべし」とのお達しが回り、浩介たちは朝礼の度にお偉方から注意を促《うなが》されていた。

他でもなくそれは、仁英会幹部の会食を狙ったのがどこの組織なのか、事件の背後関係が明らかにならないためだった。

逮捕された岸田徹次と佐藤英也の実行犯ふたりは、事件直後からずっと「個人的な恨《うら》みで仁英会の幹部の会食を狙った」と繰り返すばかりで、取調べは足踏み状態になっているらしい。

こうした〝はぐれヤクザ〟が実行犯の場合、その報酬がどこからのものなのか、金の流れを追うことが常套《じょうとう》手段だが、まだそれも確認できていなかった。

だが、仁英会の会食の予定を知り、予《あらかじ》め店で待ち伏せした手口や、一緒に襲撃する中国人を手際《てぎわ》よく雇っていたことなどからすると、このふたりの背後には、どこかの組織が潜《ひそ》んでいる可能性が高いと見るべきだろう。

つまり、今回の襲撃事件が引《ひ》き金《がね》となって、次にまた何が起こるかわからない状況にあるわけで、新宿を管轄とする新宿署、大久保署、それに四谷中央署の三署に加え、本庁と呼ばれる警視庁の組織犯罪対策部の刑事たちも、それぞれが持つ情報網を目いっぱいに使い、各暴力団の動向に目を光らせている。

――以上のような話を、しのぶは重森と浩介を前に手早く説明して聞かせ、

「ですから、私のほうでも、一度、岩戸兵衛に会う必要性を感じていたところだったんです」

と語った。

「だから、向こうから会いたいと言って来たのは渡りに船なのですが、いったい、どんな話なのか……？」

問いかける視線を、浩介のほうに向けて来る。

「あなた、何か心当たりは？」

「いいえ、ありません」

浩介としては、そう首を振るしかなかった。襲撃事件があった直後にも彼女から訊かれて答えたように、今年の春以降、岩戸兵衛とはまったく話をしていないのだ。

「それで、会うのはいつなんだ？」

「明日と――」

「わかった、時間を空けておく。浩介、おまえも大丈夫だな？」

「はい、大丈夫です」

浩介はそう答えながら頭の片隅で、あのジンクスを思い出していた。勤務が立番から始まるときには、何か大きな事件が起きる、といったジンクスを――。

新宿花園裏交番に配属されてから四年の間に、新宿の特に管轄エリア内については、たとえ小さい道一本にしろ、どこに何があるのかまでわかるようになっていた。しかし、それ以外の街については、相変わらず土地勘に乏《とぼ》しかった。

三軒茶屋《さんげんぢゃや》の駅近く、国道246号沿いに、「3番街」の看板がかかった細い路地があった。新宿でいえばゴールデン街に匹敵するような、細く雑駁《ざっぱく》な感じがするこの路地に佇《たたず》む一軒が、岩戸兵衛の指定してきた店だった。

重森としのぶに連れられた浩介が中に入ると、カウンター席に岩戸兵衛がひとりで腰かけていた。

店は路地に対して縦長の造りで、奥に向かってカウンターが延びていた。席数は十に満たず、いかにも常連が並んで飲むタイプの店に思える。奥には小上《こあが》りがあり、そこにはテーブルがふたつ並んでいる。

今年の春に出会ったときにはリーゼントだった岩戸兵衛は、真っ白な髪をこざっぱりと切り、息子ふたりと同じソフトモヒカンと呼ばれる髪型になっていた。

服装は、春と同じ、昔のロカビリー歌手みたいなヴィンテージ物のジーンズにTシャツ姿。背後の壁掛けに、革《かわ》ジャンパーが掛かっていた。

「まあ、入ってくれ。わざわざ来てもらって悪かったね。しかし、この店は、酒もつまみも絶品なんだ」

　岩戸兵衛は、穏《おだ》やかな微笑みを浮かべて浩介たちを迎えた。そんな表情をしても、目の鋭さは変わらない男だった。小太りの息子たちとは違い、引き締まった体つきをしていた。

　椅子から立とうとはしなかったが　尊大さはなく、むしろ親しい友人を迎えるような雰囲気が漂っていた。

「深町さん、相変わらず綺麗だね。忙しいところ、俺の申し出に応じて時間を取ってもらったことに感謝するよ」

　と、まずはしのぶに頭を下げ、

「重森さん、坂下さん。その節はお世話になった。特に、坂下さんは、俺の命の恩人だ。あんたが咄嗟《とっさ》に庇《かば》ってくれなかったら、俺は今、こうして酒を飲んでないだろう。ま、坐ってくれ」

　と、浩介たちにも椅子を勧めた。

「何を飲むかね？」

　との申し出に、

「それじゃ、ビールをいただきます」

「では、私も」

しのぶと重森がためらいなく応じたので、浩介は少し驚いた。

交番勤務を始めて以来、「職務中」の時間内にアルコールを飲んだことはもちろん一度もなかったし、重森やしのぶがそうするのを見たこともなかった。浩介は、自分も場慣れした感じに見えるようにと祈りつつ、「自分もビールを」と応じた。

カウンターの中の男は、生《なま》か瓶《びん》かを尋ね、「生」と答えるとビールサーバーの操作を始めた。

中にいるのは、白衣に前掛けをつけたその男ひとりだけだった。浩介は、その男の顔に見覚えがあることに気づき、はっとした。白木直次《しらきなおじ》だった。

岩戸兵衛の長男は父親の生業《なりわい》を嫌い、父親に反発してサラリーマンをしている。その長男が不倫をして生まれた則雄《のりお》という息子を、不倫相手の白木幸恵《ゆきえ》はひとりで育てた。

岩戸兵衛は、この幸恵のことをそれとなく見守り、ある暴力団に属していた彼女の兄が足を洗いたいと願ったときには一肌脱いだ。その兄というのが、この男なのだ。

それ以来、岩戸兵衛は、白木直次と幸恵の兄妹と深いつきあいをつづけてきた。

板前になりたいと願う則雄を白木直次が自分の店で修業させていたとき、岩戸兵衛は客として時折顔を出し、カウンターで酒をすすりながら孫の姿を見守っていたらしい。

（そうか……。それがこの店だったのだ）

つまり、岩戸兵衛にとっては、ここは組織とは無関係なプライベートな空間であり、そこに浩介たち三人を招いたことになる。

（いったい、何のためなのだろう……）

「ま、冬とはいえ、やっぱり最初はビールだな。遠慮なくやってくれ」

生ビールが三つそろうと、岩戸兵衛はそう言いながら自分の飲みさしの猪口《ちょこ》を軽く掲《かか》げた。

浩介は生ビールのジョッキに口をつけたが、あまり飲みすぎないように注意した。

岩戸兵衛は、重森としのぶを相手に、しばらくは当たり障りのない話をしていたが、適当な頃合いを見計らい、しのぶのほうから切り出した。

「岩戸さん、訊きたいことがあるのだけれど、いいかしら？」

「何だね？　何でも訊いてくれ」

「あの中華飯店での襲撃事件よ。会長の今岡と、あなたの息子ふたりが会食しているところに、はぐれヤクザふたりが襲って来た。しかも、襲撃者はこの男たちだけじゃなく、ふたりに雇われた不良中国人も一緒だった。組の幹部があそこで会食することを予め知っていた上に、計画的な犯行だったのよ。ふたりは警察の尋問に対して、仁英会に個人的に恨みがあったと言い張っているけれど、そんな話は信じられない。あのふたりを雇い、今岡やあなたの息子たちを襲わせたのは誰なのかしら？」

「おいおい、そういったことは、俺にじゃなく、襲って来た連中に訊いてくれないか」

「いくら訊いたって何も答えないわ。この先も答えないままでムショに行く腹よ。それだけの覚悟をしているはず。報酬も、注意深く隠しているらしくて、まだ見つからない。だから、あなたに訊いてるんです」

「困ったな、そう言われても……」

岩戸兵衛は、少しも困っているようには見えなかった。

「私が心配しているのは、後ろに嘉多山興業がいるんじゃないかってこと。仁英会と嘉多山興業が犬猿の仲であることは、誰もが知ってる。仁英会がやり返せば、本格的な抗争にもなりかねない。今のままじゃ、警察も疲れきっちゃうわ。街をパトロールしている制服警官まで含めてね」

重森が、しのぶの話に同意を示すために軽くうなずいてみせた。

岩戸兵衛は酒をすすり、白木直次に向かって徳利《とっくり》を振った。

「そうしたら、あんたがた警察の心配事は、俺の話を聞けばひとつ片づくはずさ。あんたのほうから切り出してくれたので、俺も話しやすくなったよ」

新たな燗酒《かんざけ》を手酌《てじゃく》で注ぎながら、世間話のつづきをするような口調で言った。

「どういうことです?」

「今夜、こうして来てもらった要件というのはな、他でもない、嘉多山興業の嘉多山哲鉉とうちの今岡譲が固めの盃を結ぶ。その場には、新宿の主だった組織のトップも集まるが、なにしろそういうことだから、深町さん、新宿署のあんたから、警察の上層部に話を通してほしいんだ」

しのぶのみならず、話を黙って聞いていた重森と浩介のふたりも驚き、息を呑んだ。

「仁英会と嘉多山興業が、手打ちですって……」

しのぶが口の中でつぶやくように言った。真意を見定めようとする視線を相手の顔に据え、

「間違いのない話なのね？」

「おいおい、だからこうしてあんたたちを呼んだんだろ。大事な話だ。だから、信用できる人間に、間を取り持ってもらいたかったのさ」

「――――」

しのぶはビールを軽く舐《な》め、口を湿らせた。

「どういう心境の変化なのか、まずは本音を聞かせてちょうだい」

「本音ね……。つまり、こういうことさ。俺も剛造も、もう歳だ。元はといえば、ふたつの組がいがみ合ったのは、俺たちの確執がきっかけだが、いつまでも若いもんに迷惑をかけるわけにはいかない。俺はもう仁英会を退いてずいぶん経つし、剛造だって嘉多山興業を息子の哲鉉に譲って隠居した。いい加減、馬鹿な対立はやめてもいい頃合いだと思ったんだ。俺たちの目が黒いうちに、きちんと始末をつけたいのさ」

相槌《あいづち》を打たず、じっと話を聞く構えを見せるしのぶを前に、岩戸兵衛はひと呼吸置いてさらにつづけた。

「細かい段取りはこれから詰めるが、年明け、それほど時間が経たないうちに、正式な会を執り行ないたいと思っている。そのときにゃ、さっき言ったように、新宿の主だった組にはすべて声をかけるつもりだ。全員の前で固めの盃を交わしてこそ、意味がある。そんな時代じゃないと思うかもしれないが、俺たちの世界にゃ俺たちの世界で、譲れないしきたりがあるんだ」

「その辺のことは、警察だって理解しているわ。ただし、これは私の一存では答えられないから、上層部の意向を確かめてから改めて返事をします。会を開くときには、場所と時刻、そして出席者の一覧を、予め提出してもらうことになると思うけれど、それでいいわね」

「わかった。俺自身がまとめ役を務める。俺と剛造でな。警察に恥をかかせるようなことには決してならないから、その点は安心してくれ」

「その件はわかりました――」

しのぶはまたビールを舐め、岩戸兵衛のほうへと深く上半身を向けた。

「だけれど、ちょっと待ってください。まだ、さっきの質問に答えてないわ。そうしたら、あの中華飯店での襲撃事件は、裏に嘉多山興業がいるわけではないということ？　それとも、敢《あ》えてあの事件には目をつぶり、嘉多山興業と手打ちを進めるつもりなのかしら？」

「さあて、どうだろうね……。だが、俺自身が剛造に確認したよ。やつは、違うと否定し、俺はそれを信じることにした。そうでなけりゃ、手打ちなどあり得ない。そういうことさ」

深町しのぶは、岩戸兵衛の顔を凝視した。射るような刑事の目を前にしても、岩戸は春の風にでも吹かれるような顔をしていた。

「重森さんは、新宿の主と呼ばれてるらしいね？」

しのぶの視線をいなすように、重森へと質問を向けた。

「いつまでも出世できずにいるだけですよ」

「昔話をできる相手が段々減ってきたが、あなたとならできそうだ。食事はまだなんだろ。ナオさん、何か美味《うま》いものを頼む」

との勧《すす》めに、しのぶが取り合わなかった。

「いいえ、気は遣わないでいただいて結構です。そろそろ帰ります。お気を悪くしないでください。大事な話を聞いたので、すぐに上層部の耳に入れて相談をしなくては」

「そうかね、わかった。それでは、よろしく頼む」

なぜ自分まで呼ばれたのかわからないまま、浩介が重森たちと一緒に腰を上げかけたとき……。

「そうしたら、俺は少しだけこの命の恩人とサシで話したいんだ。なあにね、ちょっと彼に相談したいこともあってね。別段、取って食おうってわけじゃないんだから、構わんだろ」

いきなりそう持ちかけられて、浩介はドキッとした。

しのぶと重森が、チラッと互いの顔を見合わせてから、

「どうぞ。それじゃ、彼だけ置いて行きます」

しのぶが答えた。

ふたりとも、どこか事の成り行きを楽しんでいるような顔つきになっていた。

自分ひとりが残されると、急に表の路地の騒がしさが耳についた。本格的に夜が始まり、入り口のガラス戸の外には人通りが増えていた。

「坂下さん、元気かね。あのときは世話になったな」

「いえ……、そんな……」

白木直次が出してくれた生ビールのお代わりを、浩介はさっき以上に舐めるように飲んだ。ひとりでこの老人の相手をして、酔ってしまうわけにはいかないと思ったのだ。

「まあ、そう、硬くならんでくれ。あんたは、俺の命の恩人だよ。俺はそれを忘れてない

からな」

「はあ……」

と、上《うわ》の空《そら》の応対しかできない浩介を前に、岩戸兵衛は苦笑を漏《も》らしたが、すぐに真顔に戻って浩介を見つめてきた。

「あのとき、おまえさんは、西沖達哉の足を洗わせてくれと俺に頼んだな」

「はい……。そして、それは無理だと言われました……」

ゴールデン・モンキー絡みの事件が終わったあと、巡回途中の浩介の前に、岩戸兵衛がハーレーダビッドソンで現われたときのことだった。

——大の大人が、ただ礼を言うだけで済むわけがない。

岩戸兵衛はそう言い、何でもひとつ望みを聞くと約束した。

だが、それに対して浩介が、西沖達哉の足を洗わせてほしいと頼んだところ、即座にそれは断わられてしまったのだ。

「今でも、あのときと同じ気持ちかね？」

「もちろんです」

「そうしたら、それに一役買ってくれ」

「…………」

驚く浩介の前に、岩戸兵衛は袱紗《ふくさ》に包んだ小箱を置いた。

「これを、ある女性に届けてほしい」

浩介は、小箱から岩戸へとゆっくり視線を戻した。

「自分がこれをその人に届けたら、西沖さんはカタギに戻れるんですか？」

「残念ながら、それは俺には断言できん。だが、西沖をカタギに引き戻せるとしたら、彼女が本気でそう望んだときだと思う」

「――――」

（いったい、どういう意味なのだ……）

「それは、あなたには決められないという意味ですか？」

「そういうことさ」

「なぜ、仁英会の初代会長であるあなたに決められないんです？」

岩戸兵衛は、しばらく何も答えなかった。

猪口に指先を添えたまま、それを口に運ぼうともせず、じっと一点を凝視していた。

「言ったろ。やつは、自分からこの世界に飛び込んで来たのだと」

浩介は、その言葉の意味を考えた。

この老人がハーレーダビッドソンで乗りつけ、浩介の頼みを聞けないと拒《こば》んだときの言葉は、はっきりと浩介の耳にこびりついていたのだ。

「すべてのヤクザに共通する特徴とは何だか、あんたにはわかるか、坂下さん？」

あのとき、岩戸兵衛は、浩介にそう訊いた。

そして、答えを探す浩介の前で、さらにこう告げたのである。

「それはな、こんなモンにはなりたくなかったと思っていることさ。たとえ成功している ヤクザでも、心のどこか片隅にゃあ、そんな気持ちが潜んでいる。こんなモンになりたく てなったわけじゃないと、密《ひそ》かにつぶやいて生きているのさ。それまでの生活から転がり 落ちて、行き着いた先がこの世界だってことだ。だけどな、西沖だけは違う。やつは、自 分からこの世界に飛び込んで来たんだ」

そうだ、あのときも、今と同じようなことを言って話を締めくくったのだ。

「そして、やつはその世界を生き延び、そればかりか、いつの間にか仁英会にとって、な くてはならない存在になっていた。この俺にとってさ……」

「………」

「そして、俺はやつを器用に使い過ぎてしまった……。だがな、もうやつの人生を、元に 戻してやるときだ」

岩戸兵衛は、手元を見つめてそんなふうにつけ足すと、猪口の酒を口に含んだ。

徳利に手を伸ばして持ち上げたところで動きをとめ、浩介に微笑みかけた。

「どうだね、あんたも日本酒をやらないか？　いつまでもビールばかり、そうやって苦い クスリでも飲むみたいに舐めていたってしょうがないだろ」

「いや、俺は……」

「ナオさん、坂下さんにも猪口を」

岩戸に言われた直次が、浩介の前に猪口を置いた。岩戸が使っているのと同じ、肉厚で素朴《そぼく》な形のものだった。

浩介は、仕方なく岩戸兵衛の注いでくれる酒を受けた。注ぎ返そうとするのを、岩戸は指先で制して自分で注ぎ、猪口を軽く掲げて口に運んだ。

燗酒の味と香りが口に広がるにつれ、浩介は腹が据わってくるのを感じた。

「箱の中身を訊いてもいいですか……?」

「指輪だよ」

「指輪……? それは、つまり……」

「本当ならば、十年前に、西沖がこの女性に渡していたはずの指輪だ」

「…………」

「坂下さん、あんたは運命ってものを信じるかね?」

「どうでしょう……。わかりません……」

「若い間は、そうかもな。だがな、俺のような生き方をしていると、信じるんだ。運命だと考えて諦めちまったほうがいいこともたくさんあったし、逆に思い上がらないために、何事も運命だと自分を戒《いまし》めたこともある。いずれにしろ、新宿という街であんたと西沖が再会したのは、俺は運命じゃないかと思ってる。十年あれば、生まれたばかりの赤ん坊が十歳になる。長い時間さ。そんな長い時間が経ったあとで、人生が元に戻るのかどうかわからない。だが、もしもそれもまた運命ならば、元に戻るはずだ。そう思わないか？」

「――」

「さっき言ったろ。もう、俺も歳だ。だから、自分がしっかりしている間に、嘉多山興業との間をきちんとしたいのだとな。西沖のこともそうなんだ。この点についちゃ、あんたのほうが俺よりもよくわかってるだろうが、やつは、ヤクザになどなる男じゃなかった。そうだろ？　それが、ちょっとした間違いで、こういうことになった。それを正したいのさ。そのきっかけを作るのには、あんたが適役だと思う」

岩戸兵衛は浩介の前に、ポケットから出した紙片を置いた。

そこには、「八神桐子《やがみきりこ》」という名とともに、浩介の故郷の町の住所が書かれていた。

「これが彼女の名前と住所だ。引き受けるのならば、受け取ってくれ」

浩介は、「八神桐子」という四文字をじっと見つめた。

「この人は、どんな女性なんです……？」

「どんな女なのかは、あんたが自分で彼女に訊くといい。話したければ話すだろう。他人が話すことじゃない」

「この人は、ここで西沖さんを待っているんですか――？」

「それを、あんたに確かめてほしいんだよ。このままじゃあ、西沖は新宿で……。まあ、つまり、ずっとヤクザをつづけていくことになる。やつの気持ちを動かせるとしたら、それは坂下浩介。あんただという気がする」

「…………」

浩介は、さらに問いかけようとしてできなかった。

表の路地が急に騒がしくなり、磨《す》りガラスの向こうに人影が立った。その影が濃くなり、引き戸がけたたましく引き開けられた。

「すみませんね。今夜は貸し切りでして……」

白木直次の客商売用の声が、店の戸口に折り重なるようにして現われた男たちを目にして掻《か》き消えた。

岩戸和馬と虎大の兄弟だった。

「おまえら……。何しに来た？　なぜ俺がここにいるとわかったんだ？」

父親から睨《にら》みつけられ、兄弟は怯《ひる》んで顔を強張《こわば》らせたが、こうした対応をされることは予め想定していたためか、立ち直りは早かった。

「まあ、それはいいじゃねえか。親父よ、こんなところで独《ひと》りでやってないで、たまにゃ家族水入らずで賑《にぎ》やかに飲もうぜ」

和馬がそう言うのが合図だったかのように、ふたりの体の間からわらわらと現われた子供たちが、ひとりまたひとりと戸口をすり抜けて店に飛び込んで来た。

　男の子、女の子、合わせて五人の子供たちが姿を現わすと、熱い湯を注ぎ込んだみたいに店の雰囲気が一転した。大概《たいがい》は小学生ぐらいの体つきだったが、最後に中学校の制服を着た男の子と女の子がひとりずつ、どこか居心地《いごこち》が悪そうな顔で現われた。

「これは何の真似《まね》だ……」

「何の真似ってこたあねえだろ。父さんの孫たちじゃねえか。たまにゃ、家族で食事をしたいと思ってな。かみさんたちに相談したら、そりゃあいい、孫たちを連れて行こうって決まったのさ」

　岩戸和馬がすらすらと述べ立てたときには、その「かみさんたち」らしき女性ふたりも戸口に姿を現わしており、

「お義父《とう》さん、御無沙汰《ごぶさた》してました」

「お元気そうで、何よりです」

と、明るく礼儀正しく挨拶した。

　顔つきはもちろん、髪型も体形も、そしてファッションのセンスも違うのに、それにもかかわらず、どこか似た雰囲気の女性たちだった。

「おまえら……」

　岩戸兵衛は、ちょっと前と同じ言葉をもう一度口にしかけたが、鉄砲玉も顔負けのスピ

ードで迫り来る孫たちがそれを掻き消してしまった。「おじいちゃん」「おじいちゃん」「久しぶり。会いたかったよ」「おじいちゃんの顔を描いてきたから、見てね」「好きなものを食べてもいい?」等々……、親から言われるように命じられて来たらしい台詞《せりふ》が、ぽんぽんと飛び出して来る。

「直次よ、小上がりを使わせてもらうぜ。かみさんもガキたちも、すっかり腹ペコなんだ。おまえの腕を振るってみせてくれよ」

和馬がカウンターの直次に告げ、

「俺たちは酒だ。冷やでいいぜ。父さん、久しぶりに親子水入らずで飲もうじゃねえか」

虎大が父親を促した。

岩戸兵衛が今岡譲を会長の座に据えてから、それに腹を立てた次男と三男は父親に反発し、家族ぐるみでつきあいをやめていたというのが、もっぱらの噂だった。

岩戸兵衛は、いかにも「仕方ないな……」と言いたげな苦笑を浮かべたが、その目には、さっきまでとは違う穏やかな光があった。

「坂下さん、それをしまってくれ」

カウンターの小箱を目で指して告げ、

「頼んだぜ」

浩介に小さく頭を下げると、立ち上がった。

取り囲んだ孫たちの力に抗しきれず、小上りへと押し流されて行く岩戸兵衛のことを、浩介はぽつんとひとり残された止まり木から見ていた。

ちょっと前にふっと脳裏をかすめた疑念が宙ぶらりんのままで、浩介の中に留まっていた。

(このままじゃあ、西沖は新宿で……)

岩戸兵衛はさっき、そう言いかけたあと、何か言葉を呑み込んだように見えたのだ。本当は、何か別の言葉を言いかけたのではないだろうか……。

(このままじゃあ、西沖は新宿で死ぬことになる……)

例えば、そんな言葉を……。

3

制服から私服に着替え、警棒、無線機、手錠、それに拳銃といった装備品一式を身につけずに歩くと、なんだか体が軽くて頼りなく感じられる。特に、日々パトロールをしている新宿の街では、なおさらだ。これも、ある種の職業病かもしれない。

岩戸兵衛と会った翌日の夜、浩介は馴染《なじ》みの店のテラス席から、そんなどことなく頼りない気分で新宿の街を見下ろしていた。

足下に置いた旅行鞄《かばん》には、岩戸兵衛から預かってきた小箱が入っていた。八神桐子という女性がどんな人なのか、本人に会えばもっと色々わかるはずだ。

それだけじゃない。なぜ西沖達哉が急に故郷の町から姿を消し、そして、仁英会の〝いい顔〟になったのか、詳しい事情もわかるにちがいない。

（いいや、わからなくたっていい……）

たとえ詳しいことなどわからなくても、浩介が八神桐子という女性に会い、岩戸兵衛から預かってきた指輪を手渡すことがきっかけとなって、西沖達哉の人生が元に戻るのならば、それで充分だという気がした。

十年前に何があったにしろ、八神桐子が現在も故郷の町に暮らしているのは、きっと西沖のことを待っているためにちがいない。

——そうであってほしかった。

「せっかく帰るんだから、スキーもやって来たらいいわ。信州生まれだもの。浩介だって、スキーは上手《うま》いんでしょ」

向かいの席のマリが、浩介の顔を覗《のぞ》き込むようにして言った。浩介が新宿高速バスターミナルを深夜に発《た》つ高速バスで帰郷することを告げたところ、

「送りに行ってあげる」

と彼女は言い、早めに待ち合わせて一緒に食事をすることにしたのだった。

岩戸兵衛から聞いた話や、故郷へ帰る本当の目的について、上司の重森に打ち明けて休みを取る許可を得た。重森経由で、深町しのぶだけはこの件を知っているが、それ以外は口外無用の指示を受け、マリには何も話していなかった。

西沖達哉は今や岩戸兵衛の〝懐刀《ふところがたな》〟と呼ばれる存在であり、その西沖がもしも仁英会から退くとすれば、組織内部の力関係も、もしかしたら新宿における仁英会の位置づけすら、大きく変わるかもしれない。

重森は、浩介の話を聞いてから、そう意見を述べ、あくまでも慎重に動く必要を説いたのである。

「まあ、下手ではないけれど」

浩介が答えて言うと、マリは愛《いと》おしそうに微笑んだ。

「そういう言い方、好き。浩介は、いつでもそうやって控えめなのよ」

「そうかな……。そんなことないけれど。マリのほうは？」

「私はダメ。雪が嫌いだもの」

「岩手《いわて》の生まれなのに――？」

「そうね。子供の頃から、嫌だったかな」

「どうして？」

「さあ、どうしてかしらね。私、故郷もあまり好きじゃないし。新宿のほうが、よっぽど好きよ」

マリはそう言って、下の通りへと顔を向けた。浩介はそんな彼女を見て、何か別の話をすることにした。彼女には、自分の故郷の話を、あまりしたがらない節があるのだ。

ふたりは今、大久保公園に近いビルの二階にあるアジアンレストランのテラスに陣取り、スパイスの効いた料理をつまみながら、ビールを飲んでいるところだった。

最初のデートのとき、「何か辛い物を食べたい」というマリのリクエストに応じて、何の予備知識もなく入った店だったが、それ以来、ふたりともこのテラス席が気に入り、時折、利用するようになっていた。

浩介が勤務する花園裏交番の管轄エリアではないことも、ここを利用することにした理由のひとつかもしれない。たとえ私服であっても、自分の管轄エリアの中では、四六時中、気を張っていなければならなくて落ち着かない。

寒い季節には、防寒用のビニールシートが張ってあるテラス席からは、賑やかな通りが見下ろせた。会話をしながら、あるいは会話が途切れたときにも、そこを通る様々な人たちを眺《なが》めていることが、浩介もマリも好きだった。

まだ気が早いと感じさせていたクリスマスの装《よそお》いも、段々と時期相応の感じが強くなった頃合いの街を、着膨《きぶく》れした人々が歩いている。

友人や家族と一緒に楽しげに歩く人たちも、黙々とひとりで行く人も、いったいどんな生活をしているのだろうと想像するのが楽しいのだ。警察官になったのは、こういう人たちの生活を守りたいからだという気がする。

「そういえば、『愛の不時着』はやっぱり面白かったわ」

マリが、韓流ドラマの話を始めた。水商売の女性には、韓流ドラマにはまる人が多いそうで、彼女もそのひとりだった。

「最後まで観《み》たのかい？」

「ええ。睡眠不足になっちゃった。でも、ほんとに面白かったから、浩介が観るのならば、最初から一緒につきあうよ」

「そうだな……。じゃ、まず一話を一緒に観てみようか――」

そんな話をしていたときのことだった……。

何気なく通りを見下ろした浩介たちは、そろってはっと息を呑み、上半身を屈《かが》めて低くした。下の通りの人ごみの中を、一際《ひときわ》目立つ大男が歩いているのが目を引いた。

ツルだった。

テラスの手すりのほうへと顔を近づけ、改めてそっと見下ろすと、岩戸和馬と虎大の兄弟がツルの両側に陣取り、さらにはその配下たちが五、六人、周囲を囲んでのし歩いていた。街行く人たちが皆、さり気《げ》なくこの一団を避けていく中、ツルたちはすっかり我が物顔で騒ぎ立て、和馬と虎大が、しきりとツルに何か話しかけている。

何かおだてられでもしたのか、ツルは照れ臭そうに笑って後頭部を掻いた。そうしながら、視線を上げそうな気配を感じ、浩介たちはまたあわてて身を引いた。

「もう、ツルちゃんったら、嫌ね。すっかりその気になっちゃって……。幹部の命を救ったために、組の中で取り立てられたって喜んでたのよ」

「そうなのか……。それをいつ？」

「二、三日前よ。本人が、ひとりで飲みに来て言ってたの。すっかり上機嫌で、盛り上がっちゃって、最後はタクシーに乗せるのが大変だったわ」

マリは苦笑を漏らしてから、姉のような、母のような顔になった。

「バカなツルちゃん……。危ないことをしなければいいのだけれど」

浩介は、歩き去るツルの後ろ姿を見つめた。

マリのマンションの前で出くわしたときの、利かん坊のような顔が思い出されてならなかった。

さっき、後頭部を掻きながら視線を上げたツルと、ほんの一瞬だったが、目が合ったような気がしていた。

ゆっくりと食事を終えた浩介たちは、バスの時間に合わせて店を出た。風に乗って、パトカーのサイレンの音が聞こえたが、そのときはそれほど気にしていなかった。

サイレンの数は多かったが距離は遠く、近づいて来る気配はなかった。浩介の担当エリアではなかったし、これから帰郷するのだから、気にしたところでしょうがない。

「サイレンが気になるの？　浩介は、四六時中おまわりさんなのね——」

と揶揄《やゆ》するマリに首を振って見せ、

「そんなことはないさ」

彼女の肩を抱いて歩いた。

歌舞伎町を突っ切り、靖国通りを渡り、ルミネエスト新宿の横を通って甲州《こうしゅう》街道へ出た。新宿高速バスターミナル、通称「バスタ新宿」は、甲州街道に面している。ＪＲの利用者は、新宿駅南口から直結で行ける。

歩行者信号が青になり、浩介とマリのふたりが往復四車線の広い道を横断しているときのことだった。

浩介のスマホが鳴り始め、ポケットから出して確かめると、知らない電話番号が表示されていた。

横断歩道を渡り切り、建物の際に寄って通話ボタンを押すと、

「もしもし、坂下さんですか？」

と、低い男の声が訊いてきた。

「はい、坂下ですが」

「白木です。昨夜、お店に来ていただいた……」

「ああ、どうも……。昨晩は……」

浩介は、言葉少なに応じた。どうして白木直次が突然電話をして来たのか、理由がわからない。白木直次の電話の声には、何か異様な雰囲気があった。

「まだ、新宿ですか――?」

「ええ。これから高速バスに乗るところです」

今夜高速バスで帰るだろうことは、昨夜のうちに重森に詳しく事情を話して許しを得たあと、岩戸兵衛に告げていた。

「ああ、それならば間に合ってよかった。親爺《おやじ》さんから伝言で、あの件はしばらく待ってくれとのことです」

驚き、理由を訊こうとして、浩介はマリの耳を気にした。

「ちょっと、ごめん」

と彼女に断わり、バスタ新宿のエントランスとは反対の方向に少し移動した。

「それは、八神桐子には会うな、ということですか――?」

「そうです……。今は、少し待ってください」

「今はって……、どういうことです? 理由を教えてもらえますか?」

「それは、すぐにわかると思います……」

白木はそう言っていったん言葉を切ったが、何も事情が摑《つか》めない浩介が訊き返そうとすると、さらにこうつけ足した。

「昨夜の上司の方に、確認してみてください」

「――――」

（いったい、どういうことなのだろう……）

「それでは――」

そそくさと電話を切りかける白木直次を、浩介はあわててとめた。

「ちょっと待ってください。岩戸さんから預かった小箱は……」

「そうか……。そうですね……。それは、しばらく預かっていてもらえますか。何かあるときには、親爺さんからまた連絡すると思います――。あるいは、また俺から……。それじゃあ、ほんとにこれで――」

白木直次が考え考え答えて電話を切ってしまったあと、浩介はスマホを見つめて首をひねらざるを得なかった。

白木直次の最後の口調からすると、岩戸兵衛は彼を使って浩介が八神桐子に会いに行くのをとめただけで、昨夜、浩介に託した小箱については、何の指示も出してはいないらしかった。

あの小箱の中の指輪が、西沖にとって大事なものであることは間違いないし、言ってしまえば、浩介はその指輪を届けるために、八神桐子という女性に会いに行くはずだったのだ。それなのに、何の指示も出していなかったとは……。

何かよほど突発的なことが起こり、とにかく浩介が八神桐子に会いに行くのをとめさせた。そういうことか……。

(あの落ち着き払った老人が、そんなにあわてるなんて、いったい何があったのだろう……)

スマホを見つめて考え込んでいた浩介は、マリの視線に気づいて顔の向きを変えた。故郷には帰らなくなったことを、彼女にどう説明すればいいだろう……。

いや、父も母も待っているのだから、たとえ八神桐子と会うことはなくなっても、このまま深夜バスに乗って帰ればいいのではないか……。

どうせ帰るのならば、いっそのこと自分の意思で八神桐子を訪ね、彼女の気持ちを尋ねてみたらどうだろう……。

――そんなことを、あてどなく考えていた浩介に、

「ねえ、浩介、あれ……」

マリが言って上空を指差した。彼女の声は、なぜだかかすれ、そして、顔が緊張で引き攣《つ》っていた。

彼女の指差す先を見た浩介は、一瞬、呼吸を忘れた。甲州街道を隔《へだ》てた先のビルに掲げ

られた電光掲示板に、どこかのマンションのエントランス付近を埋めて駐まる大量の警察車両が映し出されていた。

――仁英会の幹部、新宿区高田馬場《たかだのばば》のマンションで襲撃される！

――巡回中の警官が、銃声らしき音を聞いて駆けつけ、エントランス付近に血まみれの男がふたり倒れているのを発見。そのうちのひとりは、仁英会幹部の岩戸和馬と判明。

表示されるテロップのスピードの遅さに苛々《いらいら》しながら中空を見上げていた浩介の横で、マリがスマホをいじりながら声を上げた。

「いやだ……。もうひとりは、ボディーガードらしいって……。これって、ツルちゃんじゃないのかしら……？　ねえ、浩介……、岩戸和馬って、ツルちゃんがボディーガードをしてる幹部でしょ……。さっき、一緒につるんで飲んでたひとりが、そうなんじゃない……？」

「スマホのニュースには、一緒に撃たれた男の姓名は出てないのか？」

頭がぼうっとしてしまって、現実感がわかない……。浩介はマリのスマホを覗き込んだり、電光掲示板のニュース映像を見上げたりしたが、電光掲示板には同じテロップが繰り返し流れるだけで、それ以上のことはわからなかった。

「私、ツルちゃんにかけてみる……」

マリがスマホを操作し、耳に当てた。だが、スマホからは小さく呼出音が聞こえるだけで、いつまで経っても応答がなかった。

「ツルちゃんのところに行かなくちゃ……」

「ちょっと待って。行くって、どこへ？」

「わからないけれど……。でも、電話に出ないってことは、きっと何かあったのよ……。現場は、高田馬場でしょ。私、まずはそこへ行ってみる。ごめんね。見送ってあげられないけれど、ここで別れましょう」

「わかった。じゃあ、一緒に行こう」

マリは、驚いて浩介の顔を見上げた。

「だって、もうじきバスが出ちゃうよ……。浩介は、それに乗らなくちゃ」

「ちょっと前に電話があったろ。あの電話で、故郷へ帰るのは中止になったんだ」

マリは何か訊きたそうな顔つきになったが、今は質問をしている場合ではなかった。バスタ新宿の中には、タクシー乗り場もある。ふたりは、そこに向かって駆け出した。

雪の葬儀

1

レインコートのフードに積もった雪が体温で溶け、顔のほうへと垂《た》れて来る。体の芯まで凍《こご》えそうな寒さを、坂下浩介たち制服警官は、それぞれ必死に堪《こら》えていた。今夜、彼らに課せられた任務は、この斎場で営まれる葬儀を無事に終わらせるための警備なのだ。

無論、それ以外の目的で雪の中に詰めている者たちもあった。警視庁の組織犯罪対策部はもとより、新宿の繁華街を管轄する新宿署、大久保署、四谷中央署の所轄三署からもそれぞれ暴力団担当の私服刑事が出張《でば》ってきて、鋭い目を光らせ、写真撮りを行なっている。

花輪の置き方ひとつからでも、組織の序列や力関係を窺《うかが》うことができる。暴力団の葬儀とは、そういうものなのだ。

ましてや、新宿で、いわゆる「反社会勢力」の葬儀がこれほど大々的に行なわれるのは、暴力団対策法が施行されて以来初めてのことらしい。

それを警察が許可したことには大きな理由があり、

「抗争は起こさない。むしろ、これからは各組が、平和に手を携《たずさ》えてやっていくことを、大々的にアピールする機会としたい」

という岩戸兵衛の提案を、警察の上層部が呑《の》んだためらしかった。

各組織から一名でも出席すれば、今度の襲撃事件にピリオドが打てる。葬儀に出席した組は、二度とこうした襲撃事件を起こさないことをお互い表明したも同然だというのが、岩戸兵衛の主張だった。

ただし、いわゆる〝お清め〟の会食は中止で、会葬者たちは、出棺が済んだら引き揚《あ》げることになっている。

「それにしても、母屋がよく許しましたね」

交代時間が来て、暖を取るために張られたテントの中へと戻ったところで、内藤章助《ないとうしようすけ》が声を潜《ひそ》めるようにして言った。

周囲にいるのは警察官だけなので、わざわざ「本庁」を「母屋」と言い換《か》える必要もないのだが、最近、何かにつけてこうした隠語を使いたがる節があった。浩介にとっては唯一の後輩に当たるこの章助も、交番勤務が三年目に入り、それらしいふるまいをしたいのだ。

「岩戸和馬は今じゃ外様《とざま》扱いだったが、なんといっても前会長の岩戸兵衛の次男だ。仁英会としては、盛大に葬儀を行なわなければ収まらないだろ」

「長男は普通のサラリーマンだそうだから、実質、次男の和馬が岩戸家の〝跡取り〟だったわけだ。会長職は今岡譲が継いでいるが、岩戸兵衛の息子ってことで、和馬を神輿《みこし》に乗せて担《かつ》ごうとする幹部も多かったようだぜ」

同じ花園裏交番に勤務する先輩の庄司《しょうじ》と藤波《ふじなみ》が口々に言うと、

「俺が聞いた話じゃ、警察を説得して葬儀を大々的に行なうため、前会長の岩戸兵衛がみずから各所轄と警視庁に足を運び、仁英会の今岡譲と嘉多山興業の嘉多山哲鉉の間で固めの盃を交わし、和平協定を結ぶ約束があることを説明して回ったそうだ。それに先立ち、葬儀を平和的に大々的に執《と》り行ない、新宿の暴力団が集まることで、もう抗争の時代は終わったと示したいとな」

情報通として知られる大久保交番の城田《しろた》という班長が、それを聞きつけてそんな話を披露した。

テントは、防寒用の透明なシートで覆《おお》われているが、暖房が粗末な石油ストーブしかなく、警官たちは皆その周囲に肩を寄せ合って集まっていた。

テントの中はすごい人いきれで、コートの表面に張りついて溶けた雪が湯気を上げている。

シートをめくり、花園裏交番の班長である重森周作と主任の根室圭介が、ふたり連れ立って入って来た。

先に暖を取っていた警官たちが、ふたりのためにずれてスペースを空けてやる。

「お〜、寒い。なんで警察官が、暴力団の葬儀の警護をしなけりゃならねえんだろうな」

根室がぶつくさ言いながら手をかざし、重森のほうは、いつもの泰然自若《たいぜんじじゃく》とした態度でストーブの前に立った。

岩戸和馬が、新宿区高田馬場にある、不倫相手のホステスが暮らすマンションの入り口付近で襲われて殺害されてから、今日で五日が経《た》っていた。解剖による検死が済み、遺族に遺体を引き渡し、こうして葬儀の運びとなった。

実行犯は事件後すぐに割れて、既《すで》に逮捕されていた。

驚くことに……、拳銃を入手して岩戸和馬を待ち受けていたふたり組の男たちは、ハングレ集団である《ゴールデン・モンキー》の一員だったことが明らかになり、事件の背後関係も解明されつつあった。

ゴールデン・モンキーは、今年の春にメンバーの大半が逮捕されて消滅したのだが、この事件には、浩介も深く関わっていた。

今春、岩戸兵衛の長男の非嫡出子に当たる白木則雄という青年が、ゴールデン・モンキーに入団することを望み、《入団儀式》を受けたのだ。だが、実はこの儀式とは、ナンパした女性と強引に性行為を行ない、それを動画に収めるという卑劣《ひれつ》なものだった。

白木則雄はこの入団儀式に堪《た》えられなくなり、見張り役だったゴールデン・モンキーの幹部を殺害した。この幹部は、グループのリーダーだった磯部祐一の従弟《いとこ》だったため、怒り狂った祐一が則雄の命を狙ったのである。

しかし、この事件には裏があり、岩戸兵衛の次男である和馬が、ゴールデン・モンキーを自分の組の下部組織として取り込むことを目論《もくろ》んでいた。そのため、磯部祐一たちに対しては、岩戸兵衛もそれを了承し歓迎していると偽り、孫に当たる則雄をグループの一員にするように煽《あお》り立てていたのだった。

このため、岩戸兵衛に騙《だま》されたと誤解した祐一が、拳銃で兵衛の命を狙い、その場に居合わせた浩介が身を以《もっ》て兵衛の命を救ったのである。

この事件によって組織のメンバーの大半が逮捕され、ゴールデン・モンキーは消滅したわけだが、逮捕を免《まぬか》れたふたりが、組織が壊滅するきっかけを作った岩戸和馬に意趣返しをして殺害したのが、今度の事件だった。

しかし……。

浩介には、どうも腑《ふ》に落ちない気がしてならなかった。

ゴールデン・モンキーが壊滅状態になったのは、今年の春先のことだ。あれから半年以上が経過した今になって、グループの残党ふたりが結託し、復讐で岩戸和馬を狙うものだろうか……。

岩戸和馬を襲ったゴールデン・モンキーの元メンバーふたりが、事件後あっさりと逮捕されたことも、どうも胡散《うさん》臭い気がした。

どこかハングレ集団の行動らしからぬ感じがするのだ。どちらかといえば、昔ながらのヤクザのやり方に近いのではないだろうか。

ヤクザの場合、対抗する組織の人間を殺害すれば箔がつくし、刑期を終えて戻ったときには、それなりの地位が保証される。暴力団対策法の施行以来、こうした命の取り合いを堂々と行なう暴力団は激減したが、それに代わり、時にはその片棒をハングレ集団が担ぐこともあり得る。

現に亡くなった岩戸和馬も、ゴールデン・モンキーというハングレ集団を仁英会の傘下に置くことで、自分の勢力を伸ばすつもりでいた。ハングレのほうでも、暴力団の後ろ盾を得ればビジネスがしやすくなると考える者もある。

今回、どこかの暴力団が同じ発想をし、ゴールデン・モンキーの残党であるふたりを「鉄砲玉」として使った可能性はないだろうか……。

そうしたことを怪《あや》しんでいるのは、何も浩介ひとりに限ったことではなく、警察官同士が集まれば同様の憶測が飛び交った。

もしも、こうした想像が当たっていた場合、この葬儀に参加している組織のうちのどれかが、岩戸和馬殺害の黒幕である可能性があるということだ。

こうして大勢の警察官が出張り、寒さに身を縮めながら警護に当たっている理由のひとつは、正にそのためにちがいなかった。

雪が激しくなってきて、駐車場の少し先でさえ白くかすんでいる。東京では珍しいどか雪というやつだ。

そのかすんだヴェールの向こうから、読経《どきょう》の声が聞こえて来た。


車から男が降り立った瞬間、駐車場に異様な緊張が走った。

男は黒い服に黒ネクタイを締め、コートも黒だったが、それらはみな首から垂らした長い白いマフラーを際立《きわだ》たせているに過ぎなかった。

車を降りると、運転席から飛び出した若い男があわてて傘を差しかけるのを手で制し、ひとりで葬儀の受付へ向かった。

「誰だ、あれは……？　新宿では見ない顔だな——」

駐車場の周辺で、浩介の隣に立って警備に当たる重森が、目を細めて凝視し、低い声でつぶやいた。

だが、ひとつ息をするぐらいの間を置き、自分で答えを見つけた。

「いや、待てよ……。あれは確か、黒木亮二《くろきりようじ》──。そうだな？」

と、これは、ついこの間まで私服の捜査員だった根室に確認を求めたものだった。

「さすが新宿の生き字引と呼ばれる重森さんだ。ええ、間違いなくあれは黒木ですよ」

重森の向こうに立つ根室が、やはり低い声で応じる。

「誰ですか、それは？」

浩介は、重森と根室の双方に視線をやりながら訊《き》いた。

「西のフィクサーと呼ばれてる男だ」

重森が答え、

「そうだな？」

と、改めて根室に確認した。

「その通りです」

根室がそうとだけ答えて口を閉じたのは、重森がその先何か話すのを待ったらしい。だが、重森は、いつでもあまり多くを語らない人だった。

結局、根室が先をつづけた。

「関西系の暴力団が他のエリアに進出するとき、黒木のような男が先鞭《せんべん》をつけると言われてる。かつてのように、力や数を頼って押し出していけば、暴力団対策法に引っかかって命取りになりかねないからな。そのため、現在では、この黒木のような男が乗り込み、まずは徹底した根回しを行なうんだ。黒木は、『経営コンサルタント』とか『アドヴァイザー』とか、いくつかの肩書を持っていて、実際にフロント企業として表社会に入り込んでいる会社を、複数、自分の裁量で動かしている。そうした手腕を生かし、経済的な利益を相手に説《と》いては、狙った組を取り込んでいくんだ」

浩介にだけではなく、傍《そば》に立つ庄司、藤波、それに内藤章助ら、重森班の他の面々にも聞こえるよう、いくらか声のボリュームを上げていた。

「新宿にも、もう十年ほど前に一度、勢力を拡大する目的で関西系の暴力団が触手《しよくしゆ》を伸ばしたことがあるんだが、そのとき乗り込んで来たのが、やはりあの黒木だった」

重森がそうつけ足したあと、イヤフォンに指を押し当てた。

いくらかうつむきがちになり、集中して指令を受けたのち、

「受付付近に人員を増やすそうだ。移動するぞ」

浩介たちを見回して命じた。たった今姿を見せた、黒木という男に対処するためにちがいない。

同じ指令を受けた城田班とともに、浩介たちは雪の中を移動した。

受付及びその周辺に立つ仁英会の構成員たちが、黒木亮二の姿を目にし、明らかにざわめき立っていた。外敵が近づいたことを察知した蜂の巣さながらに、数人があわてて奥へ

と走る一方、逆に奥から姿を見せて、威嚇《いかく》するように黒木を睨《にら》みつける者もある。

だが、黒木はそんな周《まわ》りの様子には無頓着《むとんちゃく》で、静かに記帳し、香典を渡し、寺の中へと姿を消した。

「何も起きなければいいんだがな——」

これは、城田が、同じ班長である重森に言ったものである。

だが、それからほどなくして、本堂のほうが騒がしくなり、ちょっと前に入ったばかりの黒木が再び姿を見せた。

そのすぐ後ろを、黒木を呑み込まんばかりの勢いで、喪服の黒い塊《かたまり》となった男たちが押し寄せて来る。

しかし、黒木のほうは相変わらず落ち着き払っていて、さっきと同じ姿勢のいい足どりを崩すことはなかった。

「帰れ、馬鹿野郎!! ここはてめえが顔を出す場所じゃねえぞ!」

一際《ひときわ》誰かの声が大きく響いた。

岩戸虎大だった。

岩戸家の三男は荒れ狂い、今にも黒木に摑《つか》みかからんばかりの勢いだった。それを、何人もの男たちが、必死になってとめている。

「逮捕者は出すな。至急、全員を落ち着かせるんだ」

重森が素早く全員に指令を出し、先に立って走り出した。

逮捕者が出れば、マスコミなどの非難が警察にも向くし、それが暴力団同士の新たな抗争の火種にもなりかねないのだ。

「全員、静かに。弔問の方は、静かに焼香を行なってください。係の者は、自分の持ち場に戻るように。警告します。全員、すぐに鎮《しず》まりなさい！」

重森と城田が口々にそういった警告を発しつつ、男たちの前に割って入る。

浩介たちもそれを真似てつづいた。

たった今、逮捕者を出すなと命じられたばかりなので、全員が警棒は出さずにただ両手を広げ、仁英会の男たちと対峙《たいじ》した。

結果として、警察官が黒木亮二を取り囲み、その体をガードするような格好になった。

「警察は、そんな野郎の味方なのかよ。うちの親父が手打ちを急いだのは、何のためだと思ってるんだ⁉」

岩戸虎大の発した一言に、浩介はドキッとした。

（…………）

岩戸兵衛が嘉多山興業との関係を修復し、現在のそれぞれ会長である今岡譲と嘉多山哲鉉の間で固めの盃を結ぶのは、関西の勢力を牽制《けんせい》する目的があるということなのか……。

岩戸虎大がぽろっと漏《も》らした一言は、聞きようによってはそうも取れるものだった。

もしもそうだとしたら、水面下では黒木亮二たちの新宿に対するアプローチはもっとずっと前から始まっており、そして、岩戸兵衛の行動は、それを察知した上でのものだということになる。

今岡たち仁英会の幹部の会食を狙った襲撃事件といい、岩戸和馬を殺害した事件といい、その裏側には、何かもっと大きな思惑《おもわく》が潜んでいるのかもしれない……。

浩介の脳裏を、そんな疑問が過《よぎ》ったが、無論、それを今ここで落ち着いて考えることなどできなかった。

雪の中を走ってきた女性警官が、喚《わめ》きつづける岩戸虎大の前に立ち塞《ふさ》がった。

新宿署の深町しのぶだった。今日の彼女は、黒のパンツスーツ姿で、他の私服警官たちと同じ官給の防寒ジャケットを着ていた。

「やめなさい！　あんた、自分の兄の葬儀を台無しにするつもりなの⁉」

決して大柄な女性ではなかったが、大の男たちの前に立ち塞がる姿は大きく見えた。

「父親の顔だって、潰《つぶ》すことになるわよ。先代は、奥ででんとしていて出てこないじゃないの。今岡だってそうでしょ。それを、あんたひとりが大騒ぎをして、引っ掻《か》き回していいの⁉」

しのぶからぴしゃりと言われ、岩戸虎大はさすがに喚くのをやめた。

煮え立った鍋に差し水をしたときみたいに黙ったのだが、しかし、ちょっと温度が上がればまたすぐ沸騰《ふっとう》しかねないのが明らかだった。

「関係者は全員、中へ戻ってください。弔問客の方は、足をとめずに進むように。葬儀を慎《つつ》ましやかに進行することに協力してください」

この機を逃《のが》さじと、重森が声を上げ、浩介たち他の制服警官もこれにつづいた。岩戸虎大を含む仁英会の人間たちを本堂のほうに押し返し、黒木亮二を車までエスコートする。

運転席にいた若者が、とっくに外に降りて控えており、黒木の到着を待って恭《うやうや》しく後部ドアを開けた。

黒木亮二は周囲を睥睨《へいげい》するように見回し、後部シートに姿を消した。ドアを閉めた若者が、素早く運転席へと戻る。

「ありがとうございました。シゲさんがすぐに応援してくれたので、助かりました」

黒木の乗る車が走り出すのを確認すると、しのぶが低い声で言って重森に頭を下げた。

「いいや、礼を言わなけりゃならないのは俺たちのほうさ。ヤクザ者たちを向こうに回して、見事なものだ。治めてくれて、感謝する」

浩介は、それとなくふたりのやりとりに耳を澄ました。それは重森が、こうして黒木亮二が葬儀の場に姿を見せた状況の裏側について、しのぶに何か質問を向けることを期待したためだった。かつて花園裏交番で重森の部下だった彼女は、重森にならば、知っていることを何か話すかもしれない。

だが、制服警官として警備に専念する重森が、彼女にここで何かを問うことはなかった。

雪の中、位牌《いはい》を岩戸兵衛が胸に持ち、遺影を三男の岩戸虎大が持って現われた。

岩戸兵衛には三人の息子があるが、長男の姿は見当たらなかった。父親の仕事を嫌い、早くから家を出て、現在ではエリートサラリーマンだとの噂だった。

柩《ひつぎ》は現会長である今岡譲を筆頭に、六人の男たちの手で運ばれた。

その中のひとりが西沖達哉であるのを知り、浩介は何ともいえない気持ちになった。

柩の運び手に選ばれたということは、西沖が仁英会の中で大事なポジションにあることを表わしている。

岩戸兵衛の懐《ふところ》刀《がたな》と呼ばれる一方、経済ヤクザとして何度か仁英会に大きなシノギをもたらした実績を評価されたものにちがいない。

(そんな男が、本当に組から抜けることができるのだろうか……)

こうして仁英会の、それも中枢に身を置く西沖を目の当《ま》たりにすると、そう疑問に思わざるを得ないのだ。

岩戸和馬が襲撃された事件を受けて、岩戸兵衛が白木直次を使って浩介にあわてて連絡を寄越《よこ》し、八神桐子に会いに行くのをとめたのも、キナ臭さが増す情勢の中で、西沖達哉の過去を敵対勢力に掘り起こされるのを恐れたためかもしれない。あるいは、西沖達哉との関係で、八神桐子という女性に危険が飛び火することを……。

柩を車に納め、岩戸兵衛が形ばかりの短い挨拶《あいさつ》を終えると、岩戸家の身内と仁英会の一部の人間だけが、火葬場に移動する車に乗った。

西沖は、その中にも含まれていた。

無言で頭《こうべ》を垂れる喪服の男たちの前を、一台、また一台と車が出て行く。

その後、会葬者もそれぞれの車に戻って立ち去ったあとは、やっと警察官たちの緊張が和《やわ》らいだ。

火葬場への移動中は、交通機動隊が担当するし、区外にある火葬場での警備はもう浩介たちの担当ではなかった。

「御苦労さん。お疲れ様だった」

各班の責任者が、部下たちに労《ねぎら》いの言葉をかける。

体を温めるために仮設テントへと潜《もぐ》り込む者がいる一方、こうした大型出動の際には、複数の簡易トイレを搭載した特殊車両も配備されるので、そこへと急ぐ者もある。

（誰だ……。あれは……）

そんな中、野次馬のひとりと何か話し込んでいる根室圭介に気づき、浩介ははっとした。

根室と話しているのは、六十過ぎぐらいに見える男だった。毛糸の黒い帽子をかぶり、ジーンズ姿で、いわゆるドカジャンを着ていた。顔を寄せ、何かささやき合う姿からは、親密な雰囲気が感じられた。

浩介の視線に気づいたのか、根室が顔をこちらに向けた。

根室は一瞬、咎《とが》めるように浩介を睨んで来てから、顔をそむけ、小さく片手を上げて男から離れた。浩介のほうに近づいて来ようとはせず、簡易テントの中に姿を消した。

2

警官が移動するための移送車へと戻りかけたときのことだった。

「浩介……」

降る雪の向こうから、風に掻き消されそうな声がして、浩介はふと足をとめた。空耳かと思うほどの、か細い声だった。

マスコミや野次馬たちもほとんどが引き揚げ、人けのなくなった駐車場の木立《こだち》の隙間《すきま》に身を隠すようにして立つ女が、すがるような目で浩介を見つめていた。

マリだった。

「どうしたんだ……。こんなところで……？」

驚いて走り寄った浩介が尋ねると、

「だって、ほら……。岩戸和馬の葬儀の警備をするって言ってたから」

マリは、寒さで赤くなった頬を歪《ゆが》めて微笑《ほほえ》んだ。

浩介は、無意識に周囲を見回した。暖を取っていたテントの撤収も終わり、多くの制服警官たちが、既に移送車に乗っていた。

いったい、ここでどれぐらい待っていたのだろう……。

「ごめんね……、こんなところに来ちゃって」

だが、マリは浩介が周囲の目を気にしたものと誤解したらしく、詫《わ》びの言葉を口にした。

「何を言ってるんだ……。別に構わないさ。でも、いったいどうしたんだい？」

重ねて訊くと、今度は答えに窮《きゆう》してうつむいた。左右をきょろきょろし、浩介を木立の奥へと引っ張り込んでから、思い切ったように口を開いた。

「ねえ、一緒にツルちゃんを捜してくれないかしら……。あの子、何か様子が変だったのよ……」

「――――」

今度は、浩介が答えに窮してしまった。何と言えばいいかわからなかった。

それは、つい先日の出来事が、鮮明に記憶に残っていたために他ならなかった。岩戸和馬が亡くなった、あの日の夜の出来事が──。

あの夜、バスタ新宿から襲撃現場へと駆けつけた浩介たちは、岩戸和馬と一緒に襲われて重傷を負ったボディーガードが、どうやら鶴田昌夫ではないらしいと知ってホッとしたのだが、それも束《つか》の間《ま》、現場にいた警官のひとりから、やはりボディーガードらしき大男が激高《げきこう》し、喚き立て、どこかに姿を消したと聞かされたのだ。

マリがスマホに入っていた写真を見せて確認したところ、それがツルだった。

その後、マリが何度もツルのスマホに電話をしてやっとつながったと思ったら、ツルは泣きべそをかいており、

「俺のせいで、親爺《おやじ》さんが殺された……」

「俺が仇《かたき》を取らなけりゃ……」

そんなことを一方的にまくし立てて電話を切ってしまい、大騒ぎになったのだった。

浩介はすぐに上司の重森に連絡を取り、鶴田昌夫が怒りに任《まか》せて何かしでかす危険があることを報告した。

それがきっかけとなり、協議の結果、新宿の繁華街を管轄とする新宿署、大久保署、四谷中央署の三署に加え、襲撃事件があった高田馬場を管轄する戸塚《とつか》署も協力し、「非常警戒態勢」が敷かれたのである。

だが、ツルは思わぬ場所から見つかった。

ツルが立ち回りそうな先をマリとふたりして歩き回ったあと、最後には捜す当てがなくなり、ツルの部屋の近くで帰りを待っていたら、マリのスマホが鳴った。

かけて来たのは、マリが暮らすマンションの管理人で、この雪の中、マンションのゴミ集積場に潜り込んで眠ってしまっている酔っ払いがいると教えられた。

警察を呼ぼうかと思ったが、自分はマリの友人で、ただマリを待っているだけだ。本人に確かめてくれればわかると言って聞かないため、取りあえず電話をしたのだと管理人は説明した。

あわててタクシーを拾って駆けつけると、マンションの管理人室のスチール椅子《いす》で眠りこけたツルが、今にも椅子から崩れ落ちそうになりながら船を漕《こ》いでいた……。

管理人室は猛烈に酒臭くなっており、中にいるのが堪えられなくなったらしい管理人が、ジャンパーを着てロビーで浩介たちを待っていた……。

そんなことがあったので、浩介は、慎重にならざるを得なかったのだ。

「様子が変って、どんなふうに……？」

「この間と同じ……。俺が、和馬さんの仇を取るって。あと、俺は臆病者なんかじゃないって、盛んにそんなことも言ってたから、もしかしたら同じ組の誰かに何か言われて、頭に血が昇ってしまったのかもしれないわ……」

「だけど、実行犯はふたりとも、とっくに逮捕されているし……、背後関係は、まだ不明なままなんだ――」

「でも、不明ってことは、嘉多山興業がやらせたのかもしれないんでしょ……?」

「そんな話を誰から――? まさか、ツルがそう言ってたのか?」

浩介が驚いて問い返すと、マリはきまり悪そうに首を振った。

「そうじゃないけれど……、お店のお客さんたちが噂してるし、テレビやネットでも、そう言ってる人がいるでしょ」

「根拠のない憶測だよ――」

「それはそう思うけれど……」

「それに、岩戸兵衛は、これ以上の抗争は一切起こさないと宣言するために、今日の葬儀を大々的に行なったんだ。今岡譲と嘉多山哲鉉の固めの盃は、予定通りに行なわれることにもなってるし――。だから……」

「そうよね……。きっと、私の取り越し苦労よね……。いくらツルちゃんだって、そんなバカなことをするわけがないもの……。きっと、アルコールの勢いで、また電話して来ただけなのよ……」

マリはうなずいて同意を示したが、心配そうな様子は変わらなかった。

「でも、葬儀には、ツルちゃんは出てたの――?」

「いや――、姿は見えなかったけれど……」

浩介も、その点が気になっていたのは事実だった。しかし、岩戸兵衛と警察との間の取り決めで参列者の数を制限したため、下《した》っ端《ぱ》の中には出席できなかった者もあり、ツルもその中に入っているのだろうと思っていたのだ。

「そうしたら、やっぱり誰か上の人とかに、岩戸和馬が死んだのはボディーガードのおまえのせいだとか言われて、葬儀の参列から外されたんじゃないかしら……。それで、思いつめたりとか……」

マリにそう言われると、そんな気がしないでもない……。

彼女の髪に貼りついていた雪片を、浩介はそっと掌《てのひら》で払ってやった。

（いったい、どれぐらいの間、ここで俺を待っていたのだろう——）

「わかったよ——。とにかく、一緒に捜そう……。でも、一度は署に戻って、私服に着替えないと——。どこか暖かいところで、待っててくれないか」

マリは何か言いたそうにしたが、

「ありがとう……。浩介は、そうやって優しいから好きよ」

すぐにうつむきがちになり、浩介の胸に体を寄せた。

花園裏交番は四谷中央署の管轄にあり、浩介たち制服警官は、勤務開始時及び終了時には、必ず四谷中央署に顔を出すのが決まりだ。開始時にはここで制服と装備品を身につけるし、退署時には、装備品を返却して私服に着替える。

私服のセーターに頭を通しながら、浩介は一応ツルの件を、重森の耳に入れておくべきかどうか迷っていた。

さっき、浩介のほうから「一緒に捜そう」と言ったとき、マリが何か言いたそうな顔をしたのは、また襲撃があった夜と同じように、大勢の警察官を動員してツルを捜してほしいと願っていたのかもしれない……。今になってみると、そんな気がしないでもなかった。

だが、あの夜のような騒ぎを起こして、またもや間違いだったでは、関係した捜査員全員に多大な迷惑をかけることになる。いったん「非常警戒態勢」が敷かれれば、数多くの警察官が、張りつめた気持ちで街を巡回しなければならないのだ。そして、シフトを超えて、勤務時間も延長される。

(しかし、もしもツルが本当に何かしでかしたりしたら……)

そうしたら、取り返しのつかないことになる。

そう思うと、ひとりで判断するのは危険な気がし、重森に相談して意見を求めるかを迷っていた浩介のポケットでスマホが鳴った。

制服警官は、勤務中は個人のスマホを携帯することはできない。ロッカーに仕舞《しま》っておいた自分のスマホを、ちょっと前にポケットに入れたばかりだった。

取り出して確かめると、マリの携帯番号が表示されていた。

ロッカー室には、着替え中の同僚がいる。彼らの耳を気にしつつ、通話ボタンを押して耳に当てると、泡を食ったマリの声が流れ出て来た。

「もしもし、浩介……。大変なの。ツルちゃんがまた、うちのマンションのゴミ置き場で酔い潰れてて、ゴミを捨てに行って出くわした住人のおばさんが、驚いて警察に電話しちゃったのよ……。もうすぐ、近所の交番からおまわりさんがやって来ると思う……。ねえ、ツルちゃん、逮捕されちゃうのかしら……」

マリは、新宿の四谷寄りに暮らしている。四谷中央署から、タクシーならほんの数分の距離なので、着替えを終えた浩介がマンションを訪ね、一緒にツルを捜すことを約束し、マリはいったん自宅のマンションに戻ったのだ。

「わかった、すぐに行くから。だから、もしも警官が来たら、少し待っていてもらってくれ」

浩介はスマホをポケットに突っ込み、あわててロッカー室を飛び出した。

マリが心配した通り、浩介が駆けつけたときにはもう付近の交番から制服警官が来ており、マリと管理人とともに、エントランス近くのゴミ置き場に渋い顔で立っていた。

マリのマンションがあるエリアも四谷中央署の管轄であり、警官はふたりとも浩介と顔駲染《なじ》みの間柄だった。

浩介が現われたことに驚いたらしく、

「おまえの知り合いか――」

ゴミ置き場のポリ袋の中で酔い潰れているツルと浩介を、見比《みくら》べるようにして訊いた。

「ええ……、はい……」

「しかし、ヤクザ者らしいじゃないか……」

「以前に、自分が逮捕したことがあります」

という言葉が、咄嗟《とっさ》に口から飛び出した。

「しかし、個人的にもよく知っている仲です」

浩介は、すぐにそうつけ足した。

警官ふたりは、顔を見合わせた。ひとりは浩介よりも七、八期上、もうひとりも二、三期上の先輩で、質問をして来たのは歳《とし》が上のほうだった。ふたりで何かささやき合ったのち、ゴミ置き場のポリ袋に埋もれて酔い潰れているツルを見下ろした。

交番に連行しようにも、この巨体を動かすのは生半可《なまはんか》なことじゃない。それは、一昨年、暴れるツルを花園裏交番の警官四人がかりで逮捕した浩介にはよくわかっていた。

この先輩警官ふたりは、そうした手間を考えて、どうするかを迷っているのかもしれない……。

「通報した住人の方は――？」

浩介が訊くと、

「高齢の住人の方ですので、雪の中にいつまでも立たせているわけにはいかず、一応、部屋に戻ってもらいました」

警官たちではなく、管理人の男が応《こた》えて言った。

前のときも比較的大らかな対応をしてくれた男だったが、さすがに二度目の事態に困惑しているらしく、迷惑そうな様子を隠さなかった。

「こういうことが繰り返されると、マンションとしても困るんです……。住人の迷惑になるのはもちろんですが、こんな雪の日にゴミ置き場で眠ってしまって、もしも凍死でもしたら、今度は私の責任になってしまいますので……」

「すみません。よく言い聞かせて、もう二度とさせませんから……、だから、どうか今回だけは大目に見てもらえませんか。住人の方にも、私が言って謝《あやま》って来ます」

マリが管理人に詫《わ》び、

「自分が身元引受人となって責任を持ちます。通報した住人の方に、自分も一緒にお会いしてよく説明しますので、ここは任せていただけないでしょうか……」

浩介が提案すると、先輩警官ふたりは再び顔を寄せ合い、小声でまた何か話し合っていたが、

「重森さんは、このことを知ってるのか？」

歳が上のほうが、浩介にそう尋ねて来た。

上司の重森周作に電話で連絡を取り、浩介が事情を説明したあと、先輩警官ふたりも交えて重森と話した。重森の判断をふたりが尊重し、重森が「責任を持つ」と請け合ったことで事態が収拾した。結局、重森の手を煩《わずら》わせることになってしまったのだ。

雪の中を自転車で引き揚げる警官ふたりに頭を下げて見送った浩介がゴミ置き場に戻ると、ポリ袋の山の中に横たわるツルの巨体をマリが揺すっていた。管理人の男もいなくなっていて、そこにいるのはマリたちふたりだけだった。

「ツルちゃん……、起きてよ。ほんとは起きてるんじゃないの……。いつまでも、そんなふうにしてたってしょうがないのよ――。もう、いい加減にしてったら……、ツルちゃん……」

「煩《うるせ》えな。放っておいてくれよ」

そう言って振った太い腕の先がマリの顔のどこかに当たり、彼女はバランスを崩して後ろによろめいた。屈《かが》み込んでいた姿勢を保ちきれずに尻餅《しりもち》をつき、背後のゴミの中に倒れてしまった。

マリの顔が、見る見るうちに怒りで紅潮し、

「バカ！　ツルちゃんのバカ‼　どうして、心配してる気持ちがわからないのよ⁉」

自分がしでかしたことに驚いて目を開けたツルを怒鳴《どな》りつけた。

「…………」

「こんなバカ、もう、私、知らないわ……。二度とここに現われないでちょうだい‼　私がどれだけ心配したかわかってるの……。雪の中を、心配してどれだけ歩き回ったと思うのよ……。浩介だって……。それなのに、一度だけじゃなく、二度までも、同じことを繰り返すなんて……。どうして、そんなにバカなの……。こんなことされたら、私だって、管理人さんに顔向けできないし、住民の中には、私を変な目で見る人だっているのよ……」

「そうなのか……。そんなやつ、俺がへこましてやる」

「バカ！　あなたのせいなんでしょ‼」

「――――」

ツルは、小さな石つぶてを間近からたくさん受けたみたいに顔を歪《ゆが》めた。最後は息をとめて、込み上げるものを抑《おさ》えたらしかった。

右手を地面につき、巨体を重たそうに持ち上げようとしたが、途中までしかできず、もう片方の手をゴミ集積場の金網にかけてなんとか立った。

背筋をぴんと伸ばすことで、ふらついてなどいないように見せているつもりらしかった。

「そんなバカバカ言うなよ……。悪かったな……。もう来ないよ……。俺は、バカだから、どうしていいかわからなくて……」

「――」

ツルは、ゴミ置き場からよろけ出て来た。

背中を向けて歩き出すツルのジーンズの尻が、びしょびしょに濡れているのを見た瞬間、浩介は何か堪《たま》らない気分になった。

「なあ、ツル……、どこかで、三人で飯でも食わないか――?」

足をとめたツルが睨んできたが、

「これから、警察に通報した住人を訪ねて説明して来なけりゃならないんだ。だから、ちょっとだけ待っててくれ」

背中を押されるようにして、浩介は口早につづけた。

「そうね。それがいいわ。私も、すっかりお腹《なか》が減っちゃった。みんなで何か食べましょうよ。私は飲むわよ。でも、ツルちゃんはもうダメだけどね」

マリがすぐに同調し、軽口を叩《たた》いて笑いかけたが、ツルは少しも笑わなかった。

「なんで、俺とおまえらで飯を食うんだよ……」

「――」

「バカにするな……。俺はバカだけれど、人の気持ちはわかるんだ。バカにするんじゃねえ……」

「バカになんかしてないじゃないか……」

「してるだろ。おまえらふたりで、俺に同情してるじゃねえか。男が同情されるってことは、それはバカにされたってことなんだ。そうだろ、坂下……」

「――――」

「なんでよ……。そんなことないでしょ……。同情なんかしてないわ……。心配してるだけ……。だって、ほら、私たち、長い友達だから……。そうだ、西沖さんも呼びましょうよ……。それに早苗さんも呼んで、みんなで御飯を食べに行かない？　どう、昔みたいに、みんなでわいわいやりましょうよ……」

「西沖の野郎なんか――」

「何よ、それ……。なんでそんなふうに言うの……。最近のツルちゃん、おかしいよ……。西沖さんに電話するから……、ね……、だから、ちょっと待ってて」

マリがスマホを取り出そうとすると、ツルはあわててそれをとめた。

「電話なんかするな……。今日は、和馬さんの葬儀で、西沖の兄貴は忙しいんだ」

「でも……」

「いいから……、やめてくれ！　兄貴は、俺になんか構わねえほうがいい……。本当は、こういう世界で生きる人じゃないんだ……。な、そうだよな、坂下……」

「―――」

「坂下、頼むから、兄貴を元の世界に戻してやってくれ……。おまえならば、何かできるかもしれないだろ……」

「俺になんか……」

「そう思うのか……？　だけど、俺よりはずっとマシなはずだぜ……」

3

制服警官は、常に二種類の無線を携帯している。ひとつは所轄内の警官同士でやりとりを行なう「所轄系」で、もうひとつは警視庁通信指令センターからの通信を受ける「本部系」だ。

本部系の無線は管轄区域（管轄方面）ごとに発信されるため、警官は自署管内以外の無線も受けることができる。ただし、本部系の無線は大型なので、各交番やパトカーにしか送受信機が設置されておらず、巡回中は小型の無線機で音声を受信するだけだ。

しかし、もちろんこれで充分に機能する。普段から「本部系」の無線で広域にわたる犯罪情報を確認し、お互いの仕事を補い合うように心がけているのだ。

緊急性の高い110番通報が通信指令センターに入った場合は、所轄を通じて「所轄系」の無線で連絡を行なうよりも、まずは「本部系」で該当エリアへと一報を飛ばす。このほうが通信に時間がかからないし、該当エリア及び周辺の警察官が、迅速《じんそく》な対応をできるからだ。その後、「所轄系」無線によって、細かい指示の伝達が行なわれる。

今も……。

「本部系」無線で一報を受けた坂下浩介は、歌舞伎町二丁目の事件発生現場に向けて、巡回用の自転車を飛ばしていた。解体を待つ空きビルの中庭で、男の死体が発見されたとの報《しら》せがもたらされたためだった。

現場では、先に駆けつけた制服警官たちが、既に周囲を固め始めていた。私服刑事と鑑識課の職員たちも続々と到着し、指揮官の指示でそれぞれ忙しく飛び回っていた。

指揮官は新宿署の捜査一係長であり、その傍《かたわ》らには深町しのぶの姿もあった。

浩介が属する花園裏交番からは、庄司肇《はじめ》と内藤章助のふたりを交番に残し、重森周作、根室圭介、藤波新一郎《しんいちろう》、それに坂下浩介の四人が出張って来たところだった。

被害者の男性は六十代前半で、一見したところは労働者風、頭部から大量の血を流しており、後頭部の陥没痕《かんぼつこん》に加え、首筋には手で絞められた痕が残っていた。頭部を殴《なぐ》りつけた上に首まで絞めている。明らかな殺意を伴《ともな》う殺人事件だ。

さらには……。

死体の指紋確認によって身元が割れ、捜査員たちのみならず、浩介たち制服警官の間にも小さなざわめきが広がった。

警察官は誰でも指紋が登録されている。被害者は、五年前に退職した元警察官で、諸井《もろい》卓《すぐる》という男だった。

現場に立ち会った鑑識官の見立てにより、死亡推定時刻は昨夜の午後十一時から日付をまたいで午前一時頃の間と判明した。

現在の時刻は、午後三時過ぎ。

時折、ビルの中に潜り込んでしまうホームレスがいるため、管理会社が定期的に見回りを行なっており、それで発見に至ったとのことだった。

被害者の人間関係及び、昨夜の足取りを調べる一方、該当時刻の現場周辺の情報が重要な役割を果たすとの判断がなされ、聞き込みに制服警官も投入されることになった。

現場となった解体中のビルがあるのは、付近に高いビルが連なる場所だった。その中には住居用のマンションもあるし、オフィスや飲食店が入った商業ビルもある。

そうした建物の窓から、昨夜、何かを目撃した者がないとも限らないとの判断から、浩介たち制服警官にも、聞き込みの仕事が割り当てられたのだ。

遺体が発見された中庭は、夜間は真っ暗だったはずだが、周囲には街灯の明かりがある。ビルの上から、何か気になる人影が出入りするのを目撃した者があるかもしれない。

聞き込みに使用するため、被害者の在職当時の写真及び、できるだけ刺戟《しげき》が少ないように撮影された死体の顔写真が、各自のタブレットに配布された。

「………」

その顔写真を目にした瞬間、浩介は小さな声を漏らしそうになった。

（これは……）

先週、執り行われた岩戸和馬の葬儀のとき、野次馬に紛《まぎ》れて立ち、根室圭介と何か話していた男ではないか……。

遠目にしただけではあったが、どこか荒《すさ》んだ雰囲気や、孤独を抱えたような匂いが印象的で記憶に残っていた。

浩介は、反射的に根室の横顔に視線を飛ばした。

奥歯を噛《か》み締めて自身のタブレットを見つめていた根室圭介は、浩介が見つめる前で移動を始めた。忙しく動き回る捜査員たちの間を縫い、被害者の遺体に近づいたのだ。そして、検視官や鑑識課の人間たちが胡散臭げに視線を向けて来るのを無視して、じっと死体を凝視《ぎようし》した。

表情はほとんど動いてはおらず、むしろ静かなぐらいだったが、目だけは異様な光を帯びていた。

何と声をかけるべきか迷いつつ、その横顔から目を離せなかった浩介に気づき、根室がこちらに顔を向けた。

その顔に溢《あふ》れたすさまじい怒りに気圧《けお》され、浩介が思わず目を逸《そ》らす間に、根室はまた捜査員の間を縫って移動した。ちょっと前に駐めた巡回用の自転車に向けて走り、

「根室さん……。ちょっと、待って……。どこへ行くんですか……?」

浩介の声を背中で振り払うようにして、走り出す。

(くそ……。どういうことなんだ……)

浩介は、同じ場所に駐めていた自分の自転車にまたがり、ペダルを漕《こ》いでそのあとを追った。

「根室さん、とまってください!」

必死で声をかけるが一顧《いっこ》だにしない根室に対して、段々と腹立たしい気持ちが大きくなる。

自転車については、この間まで私服刑事だった根室よりも、浩介のほうがよほど慣れている。浩介は、人通りが減ったところを見計らい、立ち漕ぎでペダルを踏んで一気に速度を上げた。

「根室さん——。現場を離れて、どこへ行くんですか?」

声に棘《とげ》があるのがわかったが、遠慮するつもりはなかった。根室は横に並んだ浩介を無

視しつづけ、顔を前方から動かそうとはしなかった。

「すぐに自転車を停めてください」

「うるせえな。なんでおまえがついて来るんだ」

「根室さんは、諸井という被害者とどういう関係なんですか？」

「何も関係なんかねえよ」

「とぼけないでください。岩戸和馬の葬儀が執り行なわれた寺の駐車場に、あの男がいましたね。根室さんとふたりで話してるところを、俺は見ました」

そうぶつけると、根室がはっとするのがわかった。

「それがどうした。おまえには関係ねえだろ」

「なぜあの男が殺されたのか、理由に何か思い当たることがあるんじゃないですか？　諸井という人は、元警察官でした。もしかして、その頃からの知り合いですか？」

「――――」

「根室さんに何か頼まれ、諸井卓は葬儀に来ていた。そうなんですね？」

段々としびれを切らした浩介が、ついにはそう問いかけると、根室はブレーキをかけて自転車を降りた。

ふたりは今、歌舞伎町の外れにいた。もう少し行くと、職安通りに至る。東側には巨大なラブホテル街が広がるし、西武《せいぶ》新宿駅に近い西側は再開発が進んで小綺麗《こぎれい》なビルが連なるが、ここは取り残された感じの一角だった。

「俺に構うな……」

「嫌です。勝手な行動は、いい加減にしてください」

根室は浩介を睨んできたが、少しすると唇の隙間から息を吐いて苦笑を漏らした。

「なあに、固く考えるなよ。ちょいと確認したいことがあるだけだ。すぐそこなんだ。おまえは帰ってろ」

いつもの見慣れた、何でも軽い調子でいなしてしまう根室に戻っていた。

そうか……、これは、この人の〝擬態《ぎたい》〟なのだ。こんなふうに振る舞い、周囲とつきあいながら、その体の真ん中には、他人に見せない硬いものを秘めている。

「誰に会いに行くんです?」

「まあ、いいじゃねえか――」

「根室さん」

（しょうがねえな……）

根室のそんな声が聞こえた気がした。

「おまえが察した通りだよ。モロさんは、昔の俺の同僚さ。世話になった先輩だ。俺がまだ駆け出しのデカだった頃、あの人はヴェテランの捜査員だった。あの人から、色々とデカのノウハウを教わったもんだ。警察学校じゃ習えねえような、現場の生《なま》のノウハウをな。あの人は俺に頼まれて、先週、あの葬儀の場にやって来た。確かめてもらいたいことがあったんだ」

「何を確かめたかったんですか……？」

「ゴールデン・モンキーの元メンバーたちふたりを裏で操り、岩戸和馬を殺させたやつが誰なのかをさ」

浩介は、驚いた。

「なぜ、諸井さんがそれを知っていると――？」

「それを今、説明してる暇《ひま》はねえ。さっきの現場にいたビッグ・ママたち新宿署の連中も、じきにここに来るはずだ」

「ここって？」

「そこの美容院だよ」

と、根室は通りの少し先を顎《あご》で指した。

「そこはな、モロさんの娘がやってる店なんだ。山田富美子《やまだふみこ》って女だ。モロさんは刑事だった頃に離婚し、彼女は母親の姓を名乗ってる。記録をたどれば、すぐにわかる。現場とここは、ほんの数百メートルしか離れていない。偶然だとは誰も思わないさ。昨夜、根室さんはここに寄ろうとしたか、寄った帰りを襲われたのかもしれない」

「しかし……」

「しかも案山子《かかし》もねえ。ビッグ・ママたちよりも先に、俺が話を聞く」

「刑事に戻るためですか――?」

根室の両目に、凶暴な光が広がった。

「馬鹿野郎! 張り倒すぞ。モロさんの仇を取るために決まってるだろ。二度とそんなふざけた口を叩くんじゃねえぞ。あの人は、俺のせいで死んだんだ。だから、俺がこの手で決着をつける」

「しかし、捜査は……」

「捜査は私服刑事の仕事だと言うのか? じゃ、おまえの持ってる警察手帳は、何なんだよ? 制服を着てる警官が、捜査をしちゃいけねえ理由があるのか。そんな腑抜《ふぬ》けたことを言う野郎は、すぐに警官を辞《や》めちまえ」

「――――」

「一緒に調べる気がないなら、おまえはここから帰れ。別に、重森さんに何を報告しようと、おまえの勝手だ。だがな、俺の邪魔だけはするんじゃねえぞ」

根室はそう言い放つと、自転車を美容院の前に乗りつけた。建物の前方だけをモルタルなどで洋風に仕立てた、いわゆる「看板建築」と呼ばれる二階屋で、その一階部分が美容院の店舗になっていた。

襲撃

1

大きなガラス越しに店内が見えた。店内は明るかったが客はおらず、三十代後半ぐらいの痩《や》せた女が、壁に寄せて置かれた椅子《いす》にぼんやりと坐《すわ》っていた。表に近づくふたつの人影に気づき、ガラス越しに微笑《ほほえ》んだ。

「ああ、珍しい人が来たわね。しかも、どうしちゃったの、その格好は――？」

根室が入口のガラスドアを開けて入ると、ドアに取りつけられたベルがチリンとなり、彼女からそう声をかけて来た。

根室のあとから店内に入った浩介には、目顔《めがお》で軽く挨拶《あいさつ》した。同じ空間に入ったことで、気が強そうな、しっかり者の印象が、ガラス越しに見ていたときよりも強まった。

「上司がついに堪忍袋《かんにんぶくろ》の緒《お》を切らせ、制服警官に格下げされちまったのさ」

富美子も根室も、互いに敬語を使わなかった。ふたりは、同年代だろう。

「ふうん、ついにか。それにしても、どうしたの、突然に……。何か、父のことかしら？」

「ああ、まあ、そうなんだ」

と応じながら、根室は言葉を探している様子だったが、

「富美子ちゃん、ちょっと話があるんだ。できれば、そこに坐ってくれ」

と、彼女がさっきまで坐っていた椅子を手で指した。

「何よ、改まって……」

「いいから、坐ってくれよ、頼むから……」

根室はいつもの軽い剽軽《ひょうきん》な口調を保とうとしているらしかったが、懇願する響きが強く、その顔は微《かす》かに強張ってもいた。浩介は、数カ月一緒に働いて来たこの男の違う面を見た気がした。

（この人は、本当はとても不器用な人なのだ……）

「何よ、いやね、改まって……。もしかして、怪我でもしたの……？　私なら大丈夫だから、そんなふうに勿体《もったい》ぶらないで、ちゃんと話してちょうだいよ」

何事かを察したらしい富美子が、問いかけた。だが、そうして言葉を連ねることで、むしろ答えを聞くのを遅らせているような言い方だった。

「富美子ちゃん、頼むから……、そこに坐ってくれって……」

「あら、やだ……。死んだの、あの人……？」

根室はうなずきさえしなかったが、それでも答えは伝わるものなのだ。

ふらっとしかける富美子の腕を根室が握り、そっと椅子に坐らせた。彼女は背中を丸め、小さな老婆みたいになってしまった。

だが、ショックに襲われて茫然《ぼうぜん》とするその顔つきには、逆に幼さが滲《にじ》んできた。四十近い女性の中に息づいている昔の面影が、炙《あぶ》り出しの絵みたいに浮かんできたのだ。

浩介は、店の奥にある流しにコップを見つけ、それに水を入れて戻り、富美子にそっと差し出した。

「台所をお借りしました。どうぞ、水を飲むと落ち着きます」

「若いのに気が利《き》くとは、嫌味な野郎だぜ」

根室がいつもの憎まれ口を叩き、

「ありがとう……」

富美子はかさかさした声で礼を述べて、受け取ったコップを口に傾けた。

なかなか喉《のど》から下に落ちないみたいで、白い喉を苦しげに波打たせたあと、半分ほど飲んだコップを両手で持ったままで根室を見上げた。

「さあ、私ならば大丈夫だから……、話してちょうだい……。何があったの？」

「ここからそれほど離れていないところにある解体前の古ビルから、死体が見つかったんだ……」

「殺されたってこと——?」

「そうだ……。俺が必ずこの手でホシを挙《あ》げる。だから、いくつか質問させてほしいのさ。昨夜、モロさんは、ここを訪ねたりしなかったか?」

富美子は根室の質問を聞いて、小さく首を傾《かし》げた。

「そうか……、根室さんにも話してなかったのね……」

「何をだ?」

「あの人はさ、先々月からここに寝泊まりしてたのよ……」

「どういうことだ……。一緒に暮らしてたのか?」

「違うわよ。私と娘は二階。あの人は、この店の奥の小部屋で寝てたってこと——」

「どういうことだよ? 親父さんと仲直りしたわけじゃないのか?」

「違うわ。家には入れなかったもの。だって、母の気持ちがわかったし……。私が許してしまったら、母の苦労が報《むく》われないと思ったし……」

淡々と、むしろ冷たいぐらいの雰囲気でやりとりしていた富美子の口調が、突如《とつじょ》崩れた。

「私のせいなの……。近くに大手の美容院ができたものだから、お客さんを取られたくなくて、内装や設備を新しくしたのよ……。そしたら、ちょうどコロナが始まってしまって……。休業補償と言ったって、理美容業は対象外で、各組合ごとに給付や貸付をする程度だったし、かといってお店を開けてたって、あのときはお客さんなんか誰も来なかったでしょ……。特例貸付ってやつで、返済をしばらく待ってもらったのだけれど、今度はコロナが収束したから、すぐに返済を始めろって……。役所や銀行は、ただ決められたスケジュール通りに動いていればいいかもしれないけれど、お店はそうはいかないじゃない……。このままだと、ここを出て行かなければならないの……。だけど、娘を転校させたくないし、新しい場所でまた一から美容院をやるって言っても、どこまでお客さんがつくかわからないし……。頭を抱えていたら、俺の部屋を引き払うから、その部屋代を返済に当てろって、あの人が……。だけど、一緒に暮らすのなんか嫌だわって、私、はっきり言ったのね……。そしたら、店の奥の物置部屋で眠るから大丈夫だって……。冗談かと思ったら、すぐに部屋を引き払って移って来た……。そして、敷金の一部が戻って来たからって……。お金をくれて……。そのあとも、おまえのためじゃない、孫のためだって言って、自分の稼ぎの大半を差し出してくれて……。それなのに、私ったら、娘があの人になつくのが嫌だとか、意地悪言って……、あの人を部屋に上げさえしなかった……。だって、母はあの人のせいで苦労したのだし……。根室さん、私、もっと優しくしておけばよかった……」

しゃくり上げながら話す富美子を前に、根室は懸命に言葉を探しているらしかった。

「店と住居とはいえ、取りあえずは同じ屋根の下に暮らせたんだ。モロさんはきっと、喜んでたと思うぜ……」

「そんなふうに言わないでよ……」

周囲を見回す根室に、浩介は鏡の前にあったティッシュの箱をそっと渡した。富美子は根室が差し出すティッシュで涙をぬぐい、顔を横に向けて洟《はな》をかんだ。

「昨日のことを聞きたいんだが、そうするとモロさんは、昨夜もここにいたんだな？」

頃合いを見て話を振る根室に、富美子は思いのほか強い視線を向けて来た。

「昨夜、男が父を訪ねて来たわ」

「そりゃ、ほんとか……。男を見たか？」

「ええ、ちらっとね。ほら、ここのドアって、開くとベルが鳴るようになってるでしょ。これって、二階で用足しをしているときのためなのね。滅多《めった》にないんだけれど、娘がもうちょっと小さかった頃には、お店をやってる時間でも、時々、どうしても二階にいなけりゃならないことがあって、それでつけたの。居間がちょうど真上だから、ベルが鳴ると気づくのよ」

「鳴ったんだな？」

「ええ、遅い時間だったんで、なんだろうって思って時計を見たからはっきりしてる。十一時ぐらいよ。それで、私、窓からちょっと見下ろしたら、男と父が店の入り口で立ち話をしてて、少ししたらふたりでいなくなったの」

「どんな男がわかるか？」

「上からちらっと見ただけだし、それに夜なのにサングラスをかけてたから、顔はあんまりわからない。でも、髪はこざっぱりと刈り上げてて、ポロシャツに黒っぽいジャケットを着てた。初めて見る男だったわ」

「歳は？」

「たぶん、私たちぐらいか、もう少し上かな……。背丈《せたけ》は父より少し小柄だったかも。並んで一緒に出て行くとき、そんな感じがした」

「立ち話をしてた時間は？」

「ほんのちょっとよ」

「何を話してるのか、聞こえなかったか？　何か言い争う声とか」

「いいえ。窓を閉めてたし……。でも、顔を寄せてぼそぼそと話してるだけで、言い争ってる感じはなかった」

「モロさんがここで寝泊まりを始めたのは、二カ月ぐらい前からって言ったな？」

「そうよ。先々月の中頃ぐらいから」

「ここに寝泊まりしてることを、モロさんは俺にも言ってなかったんだ。男は、どうやってそれを知ったんだろう……」

「そうか……。あの男は、なぜここに来たのかしら？」

「店に防犯カメラは……？」

と尋ねつつ眺め回すが、それらしいものは見当たらなかった。

「うちみたいな小さな美容院に、そんなものあるわけないでしょ——」

「そうだよな。まあ、いいや。モロさんの荷物を確かめたいんだが、寝泊まりしてた小部屋を見せてもらっても構わないか？」

「どうぞ。そこの奥よ。ボストンバッグが置いてあるはず……」

浩介は、根室について店の奥に向かった。縦長の店の突き当たり右側に、小型のキッチンとトイレがあり、残りの左半分がカーテンで仕切られていた。

カーテンを開くと、そこは「小部屋」とは言いがたいもので、奥に三畳にも満たないぐらいのスペースがあった。片側の壁にはスチール棚が置かれ、消耗品の類《たぐい》が並んでいるので、実際に使えるスペースはさらに狭かった。

その狭いスペースに無理やりな感じで畳んだマットレスを押し込み、その上にシェラフと毛布が置かれていた。マットレスを広げると、端が壁やスチール棚でたわんでしまうだろう。

黒のボストンバッグが、マットレスの奥の壁際にあるのを見つけ、根室が手前に移して開けた。中をあさり、じきに小さなメモ帳をそこから取り出した。百円ショップで売っているような、青い表紙の安っぽいものだった。

「これだ。この間も、この手帳に何か書いていたんだ」

そう言いつつ腰を上げ、しばらくページをめくっていたが、

「鞄に他に何かないか調べます」

そう言ってボストンバッグに屈《かが》み込もうとする浩介を、根室がとめた。

「いや、もう行こうぜ」

「どこへです？」

と尋ねる浩介の前に、根室はページを開いたメモ帳を差し出した。

そこには「河西《かさい》」という名が書かれ、「本」という字に丸をしたあとに、住居表示番号と推察される数字が並んでいた。

「こいつに会いに行く」

「誰なんですか、これは？」

「情報屋だよ。モロさんは、俺が池袋署にいたときの先輩だと言ったろ。そのとき、俺たちは、河西って野郎を情報屋として使ってたんだ。河西ってのは、元々は腕の立つハッカーだったんだが、パクられて何年かムショ暮らしをした。あの商売は、数年空白があくともうダメさ。野郎がムショにいる間に、コンピュータ技術のほうがどんどん進み、出所し

たときには一線じゃ使い物にならなくなってた。スポーツ選手が何年か競技を離れたら、もう一線には戻れないのと同じさ。それでその後は、仮想通貨など、ネット上の取引を使った資金洗浄《マネー・ロンダリング》を引き受けて暮らしてる。こういうやつはパクるよりも泳がせ、時々、情報を流させるのさ。苗字しかメモしてないが、これはあの河西だ。フルネームは河西晋《しん》一《いち》。勘《かん》でわかる。後ろの数字は、やつの今のヤサの町番だろ」

「しかし、どこの町でしょう……。ただ『本』とあるだけですが」

「池袋《いけぶくろ》さ。あそこにゃ、町名が『池袋』の他に、『東池袋』『西池袋』『南池袋』『上池袋』、それに『池袋本町』とあるんだ。おまえだって、走り書きでメモするときにゃ、歌舞伎町なら『歌』に丸とかするだろ。モロさんも、池袋でデカをやってた頃の習慣で書いたにちがいない」

「ああ、それで『本』に丸——」

「さあ、行こうぜ。うかうかしてると、ここにビッグ・ママが来るぞ」

根室は、体を翻《ひるがえ》した。

「これを借りて行くよ。それから、しばらく自転車を店の前に駐めさせておいてくれ。なあに、すぐに誰か捜査員が来るはずさ」

「ねえ、ちょっと待って」

店の出口へと向かう根室を、富美子が呼びとめた。

「さっきの防犯カメラのことなの。思い出したんだけれど、隣のお宅が、一昨年と去年と二度にわたって空き巣に入られたので、防犯カメラをつけるって言ってたのよ。一緒に来て」

話しながら浩介たちを追い抜き、自分が先に店の外に出た。

だが、隣家をざっと見渡しても、防犯カメラは見当たらない。根室は、いくらか急《せ》いていた。しのぶたちがやって来る前に、ここから立ち去りたいのだ。

「だけど、ないみたいだぜ」

「違うのよ。話を最後まで聞いて。防犯カメラは、結局やめたの。でも、その代わりに、サブバッテリーつきの車なのでそれを駐車場の電源につなぎ、しばらくはドライブレコーダーを駐車中も作動させとくことにしたんですって。ほら、駐車場が家の前だから、誰か怪《あや》しい人間が近づけばみんな映るでしょ。それに、防犯カメラより目立たないし」

富美子の言う通り、玄関前に駐車場があり、車は鼻先を表の通りに向けて駐まっていた。そして、フロントガラスの奥に、車載カメラの小さなレンズがある。

「これなら、表の通りがそっくり映るな」

根室が言い、浩介と顔を見合わせた。

「この家の奥さんは、いつも私が頭をやってあげてて、親しいのよ。なんなら、訊《き》いてみましょうか」

「そうだな……」

と根室が応えるのを肯定と取り、

「じゃ、ちょっと待ってて」

富美子は足早に家の玄関へと向かった。

2

「数年前から、モロさんは、新宿、六本木《ろっぽんぎ》、池袋などにクラブやガールズバー、ショーパブなどをいくつも持つオーナーに雇われてたんだ」

自転車を富美子の店の前に駐めさせてもらったまま、池袋に移動することにして乗ったタクシーの後部シートで、根室は走行音に紛れそうな小声でぼそぼそと喋《しゃべ》り出した。

「肩書はアドヴァイザーだが、実際は店と客のトラブルの解決役さ。面倒な客が来たときに店から呼ばれて駆けつけたり、ツケを払わない客の仕事先に出向いて取り立てたり。それに、もしも暴力団が何か言って来たときには、元警官っていう肩書がモノを言うってやつだ。去年ぐらいから、ゴールデン・モンキーのやつらが六本木で合成ドラッグを売ってた話は聞いたことがあるだろ」

「はい」

と浩介はうなずいた。このゴールデン・モンキーが新宿に進出して来たとき、岩戸兵衛の孫である白木則雄をグループに引き入れようとしたのである。

「あいつらは六本木で好き放題をやり、あちこちでトラブルを起こしてた。モロさんは、そのときに顔を覚えたんだ。通報をしたって、店にゃ何の得もない。金のあるカモや、そういった男に寄って来る女たちも巻き込んで連れて来るのがあいつらだからな。ああいう連中と店との間で適度な距離を取るのも、モロさんの役割だった。さて、それでだ——」

と、根室は心持ち浩介に顔を寄せた。

「岩戸和馬が襲われて殺される二日前さ。モロさんは、同じオーナーが経営する新宿の店で、ゴールデン・モンキーの元メンバーだったふたりを見かけたんだ」

「実行犯のふたりを、ですか……」

「そうだ。あろうことか、あのふたりは、店のヴィップルームで女を宛《あて》がわれていた。一緒にいたのは、どう見てもヤクザ者だった。一瞬ちらっと見かけただけで、相手は部屋に入ってしまったし、その後、折悪《あ》しくトラブルが発生して、それを片づけているうちに引き揚《あ》げてしまったので、顔を隠し撮りするようなことはできなかった。しかし、ツラは、はっきり覚えた」

「そうしたら……、そのヤクザ者が、実行犯ふたりに岩戸和馬の襲撃を依頼したと……」

「ゴールデン・モンキーのメンバーだったふたりが、半年も経《た》った今になってから、仲間の恨《うら》みを晴らすために岩戸和馬を襲撃するなんて、おまえだって信じちゃいないだろ。ふたりの後ろにゃ、必ず誰かがいる。襲撃の二日前にふたりをヴィップ扱いし、女を宛がってもてなした野郎は、ぷんぷん臭うぞ。そいつが襲撃を依頼した本人か、そうじゃなくても、そいつとすごく近い誰かに決まってる」

「そうか……。それで諸井さんを、あの葬儀にそっと呼び出したんですね」

「ああ。葬儀の参列者たちのツラを確かめてもらった。だが、あの中にはいなかった……」

根室はいったん口を閉じてから、言い直した。

「あの中にはいない、と、モロさんは俺にそう断言したんだ……」

浩介は、はっとして根室を見た。間近で視線がかち合い、根室のほうが先に逸《そ》らした。

だが、目の中にひそむ恐れは隠せなかった。

(…………)

諸井卓は、本当はあの葬儀場で、誰かを特定したのかもしれない……。それを、後輩である根室には告げなかっただけかもしれない……。他でもないこの根室自身が、それを疑っているのだ。

「諸井さんは、店のヴィップルームで見かけた男の特徴について、どんなふうに言っていたんでしょうか?」

「歳は三十代後半か、せいぜい四十ぐらい。背はやや高めで、痩身《そうしん》。サングラスをしていたので、顔はいまひとつわからなかったが、髪は短く刈り上げていた」

根室は何かの使用説明書でも読み上げるみたいに告げた。

「昨夜、諸井さんを訪ねて来たのと同じ男だという可能性は考えられないでしょうか？」

「それはどうだろうな……。まだ、俺にも何ともわからねえ……」

会話が途切れ、

「諸井さんは、どうして刑事を辞《や》めたんですか――？」

浩介は別のことを訊いた。

「辞めたんじゃねえ、辞めさせられたんだ。あの人は、刑事って仕事が好きだった。奥さんと上手《うま》くいかなくなったのも、結局は、そのためさ。家族を顧《かえり》みずに仕事に没頭するモロさんに、奥さんが堪《た》えられなくなったんだ」

「――――」

「モロさんは昔、犯人逮捕の際に、脇腹を背後から刺されたことがあった。大手術の末に一命は取りとめたが、傷ってやつは、寒くなると痛むんだ。そのため、痛み止めを処方してもらって服用してた。モロさんだけじゃねえぜ、そういう警察官は、何人もいる。で、ある日のことだ。ヤク中でカミさんと息子に暴力を振るってた男が、避難して逃げていたふたりの居場所を探し当て、包丁を持って乗り込んだんだ。通報を受けた俺たちが駆けつけたとき、そいつはカミさんに切りつけて重傷を負わせた上に、我が子に包丁を突きつけ、こいつを殺して俺も死ぬと喚《わめ》いていた。ラリっているのが一目でわかった。クスリの勢いを借りて、無理心中をするつもりだったのさ。どうだ、そんなシチュエーションだったら、おまえならためらいなく、そいつを撃てるか？　それとも、ラリってるやつを説得するか？」

「そう試みますが、そんな人間相手では難しいかもしれません……」

根室は、浩介の答えにニヤッとした。

「まあ、六十点ぐらいの答えだな。難しい、と言っただけマシだが、本当は説得のふりをしてそいつを宥《なだ》めすかし、隙《すき》を見て取り押さえるか、あるいは射殺して子供を救うしかねえ。腹の据《す》わったデカなら、すぐにそう判断する。説得を試みるべきだなんて言うのは、会議室で組織を運営している連中だけさ。俺たちは、子供を救う一瞬のチャンスに賭けたんだ。だが、結果から言やあ、俺には撃てなかった。引き金を引きかけた瞬間、色んなためらいが湧いて出た……。間違って子供に当たれば、俺が子供を殺すことになるし、子供の目の前で、この俺が父親を殺しちまうことになるかもしれない……。

そんなふうな思いが一気に押し寄せて来て、体が固まっちまった。勇気がなかったんだ……。しかし、モロさんは違った」

「撃ったんですか――？」

「ああ、撃った。モロさんの銃弾は、野郎の頸部《けいぶ》を撃ち抜いた。肩を狙った弾が、逸れたんだ」

「死んだんですか……、その男は……？」

「死んだよ。すぐにじゃねえがな……。救急搬送される途中で、息を引き取った。出血がひどかったんだ」

「子供は……？」

「助かったさ。モロさんが助けたんだ。俺はその場にいたから、わかる。モロさんが発砲したから、子供の命は助かったんだ。あの野郎は、子供を巻き添えに死ぬつもりだった。ためらっていたのは、良心や子供への愛情からじゃない。てめえが死ぬのが怖くなっただけだ」

「………」

「だがな、上層部は、そうは判断しなかった。発砲のあとには、必ず審議会が開かれる。現場など知らないお偉方たちが重箱《じゅうばこ》の隅《すみ》をつつくような質問を重ね、政治家やマスコミや一般大衆ってやつに受け入れてもらえるような答えを探す。そういう答え方を、現場の俺たちに強要するんだ。答えた人間にゃ責任があるが、答えさせた審議会の人間たちは何の責任も問われない。責任を問われそうな場合には、発砲は不適切だったと判断し、発砲したやつを処分しちまえばいいだけの話だ」

「しかし、いくら犯人が死亡したとはいえ、そのシチュエーションならば、発砲はやむを得なかったのでは……」

「モロさんの体から、基準値以上の痛み止めが検出されたんだよ。言ったろ、さっき、モロさんは昔、犯人逮捕の際に背後から脇腹を刺され、それ以来、痛み止めを服用していたと」

「――――」

「しかし、基準値以上といってもな、それは、古傷を抱えた警察官ならばごく普通に服《の》む量だった。ほんのわずかなオーヴァーってやつさ。それなのに、審議会はそれを問題にした。あとはわかるだろ、おまえだって、もう四年目だ。何か嫌な例を間近にしたことが、あるんじゃないのか」

「――――」

根室は、言外《げんがい》に、根室の前に花園裏交番で主任を務めていた山口勉《やまぐちつとむ》のことを言っているのかもしれなかった。噂が耳に入っているにちがいない。山口は、上層部の事なかれ主義のために左遷《させん》された。あれ以降、浩介の中で、警察組織全般に対する不信感が大きくなったことは否《いな》めなかった。

再び沈黙が流れ、

「ま、俺の話はそんなとこさ。車載カメラの記録映像を、早送りで確かめちまうぜ」

根室がそそくさと話題を変えた。これ以上、この話題をつづけたくない様子だった。

富美子が説明した通り、隣人は車載カメラを駐車中も稼働させて防犯カメラ代わりに使っており、浩介たちの求めに応じて、そのデータをコピーさせてくれたのだ。先を急ぐためにその場では詳しいチェックをせず、タクシーに飛び乗って移動を始めたのである。

浩介は映像をコピーしたタブレットを操作し、該当する時間の映像を呼び出した。富美子が言っていた怪しい男が訪ねて来たのは、昨夜の十一時頃とのことだったが、念のためその少し前から再生したところ、まさか車載カメラが作動しているとは思わない男が駐車場の正面に立ち、美容院の方角に注意を払っていた。

比較的小柄な男で、年齢は四十前後。髪はこざっぱりと刈り上げており、そして、夜であるにもかかわらずサングラスをしていた。初めて見る男だった。

さらには——、

「おい、こりゃあ、ビンゴだな」

男が富美子の美容院のほうへと姿を消したほんの数分後、その男と諸井卓のふたりが連れ立ってカメラの前を横切る姿が映っているのを確認し、根室が指を鳴らした。

「すぐに男を手配だ。おまえ、ビッグ・ママに連絡しろ。そして、俺たちが河西のところに向かってることは伏せたまま、この映像を転送するんだ」

「まあ、おまえにゃ無理か……。あの迫力のある女に一喝《いっかつ》されたら、何もかも喋っちまうだろうな。しょうがねえ、俺がかけるか」

「え、そんなことが……」

山田富美子の美容院があったエリアと同様に、周囲の再開発から取り残されたように見える一角に建つ古いマンションは、コンクリート造りの外壁にむす苔《こけ》が街灯の明かりで際立っていた。

ビッグ・ママこと深町しのぶに電話し、ごく簡単に事態を説明して通話を終えた根室圭介が、浩介に命じて画像を転送させたあと、ふたりは大通りでタクシーを降りた。路地裏に建つこのマンションまで、直接乗りつけることはできなかった。

郵便ポストは塗装が剝《は》げ、あちこちに錆《さび》が浮いていて、部屋番号の下に名前を入れているポストはひとつもなかった。

階段で二階に上がり、四つある部屋の一番奥が目当ての部屋だった。呼び鈴を押してしばらく待ったが、返事がなかった。

「おい、河西。俺だ。根室だ」

ドアを拳《こぶし》で叩いて鳴らしてから、根室がノブを回してみると、鍵がかかっていなかった。根室が、ちらっと浩介を見てから玄関ドアを開けた。

その瞬間、暗い部屋に充満する、生ものが腐ったような嫌な臭いを感じた。

（もしや……）

と浩介が思ったときには、根室のほうはもっと的確な判断を下しており、常備しているナイロン製の手袋をはめて壁のスイッチを押し上げた。

玄関はキッチンの片隅にあった。キッチンの奥に一部屋だけで、間に仕切りはなかったので、奥の部屋の椅子に坐る男の姿が目に飛び込んで来た。男はぐったりと首を垂《た》れて動かず、切り裂かれた首から噴《ふ》き出た血が、本人の衣服や周辺の床をドス黒く染めていた。

「くそ、ふたつめの死体か……」

根室が低くつぶやき、

「おい、足のカバーはあるか？」

怒ったような口調で浩介に訊いた。

浩介は重森の教えを守り、現場保全用の足カバーは常に予備も含めてふたつずつ携帯している。現場で、制服警官に対してこう求める捜査員がいるためだ。ふたりは足用のビニールカバーを靴下の上から履《は》き、買い置きのカップ麺で溢れたキッチンの隅を通って奥の部屋へと移動した。

根室が奥の部屋の天井灯も点灯し、死体が煌々《こうこう》と照らし出された。男は両手を椅子の肘《ひじ》掛《かけ》にガムテープで貼りつけて固定され、身動きが取れない状態で殺されていた。痩せてはいるが、運動不足だったのだろう、腹だけは不健康に膨らんだ男だった。

「河西ですか……?」

「ああ、そうさ。これが河西晋一だ」

根室は屈み込み、死体の顔を覗《のぞ》き込んだ。

浩介も隣で同様にし、嫌悪感に襲われた。顔中が痣《あざ》だらけで腫《は》れ上がり、左目は瞼《まぶた》が腫れて塞がっていた。

浩介は、殺風景な部屋を見渡した。かつては名うてのハッカーだったという男の部屋には、今では二台のラップトップとベッドがあるだけだった。テレビもラジオも、紙の本もない。娯楽も含めて、日常生活の大半の活動は、二台のラップトップによって支えられていたらしい。パソコンを相手に一日を過ごし、何もない部屋のベッドで眠り、カップ麵で生きながらえていた男……。

ただし、男の大切な生活必需品だったにちがいないラップトップのパソコンは、ふたつとも本体が焼け焦げていた。強い酸をかけて、基板を破壊したのだ。

(そういうことか……)

浩介が口を開きかけたとき、

「どうやら、モロさんは、俺を裏切っていたようだな……」

根室が先回りして告げた。突き放した言い方に、苦しそうな息遣《いきづか》いが混じっていた。

「葬儀の日、本当は諸井さんは、誰か思い当たる人間を見つけたんですね。しかし、根室さんには伏せて、そのことは言わなかった。そして、昔、情報屋として使っていた河西晋一を利用し、相手に強請《ゆす》りをかけた。身元を隠し、ネット送金による口止め料を請求したんです」

浩介がたった今思いついたことを言うと、根室がニヤリとした。

「おまえ、勘のいい野郎だな。いつまでも制服警官なんかでくすぶってるんじゃねえよ。モロさんはきっと大金をせしめ、生活に困ってる富美子さんの窮状《きゅうじょう》を救いたかったんだ。だが、ムショ帰りで賞味期限切れのハッカーなんぞに頼りやがって……。相手にゃ、もっとずっと上手《うわて》のハッカーがいたにちがいない。河西は、色んな手段で送金先をバレないように隠したんだろうが、楽々と破られ、ここを襲われた。そして、拷問《ごうもん》を受けて、モロさんのことを喋らされたんだ」

浩介は、顎《あご》を引いて唇を嚙《か》み締めた。

やったのは嘉多山興業なのか……。それとも、新宿進出を目論《もくろ》む関西勢力の手先である黒木亮二の手の者なのか……。

いいや、決めつけることはできないはずだ。あの日、岩戸和馬の葬儀にやって来たすべての人間が容疑者なのだ。

「どうするんですか？」

スマホを取り出した根室に訊いた。

「もう一度、ビッグ・ママに連絡だ。ここは池袋署の管轄だが、担当を持って行かれちまうと、一々情報交換が厄介《やっかい》だ。ビッグ・ママに担当してもらったほうがいい」

だが、根室はスマホの操作をやめて、窓の外に目をやった。

「おっと、こっちからかける必要はないようだぜ。さすがだな、当の本人がやって来た」

浩介も窓から下の道を見下ろすと、表の通りに覆面パトカーが停まり、男の部下たちとともに降りる深町しのぶの姿が見えた。

マンションの入口に向かって急ぐしのぶが、建物を見上げ、すごい顔で浩介たちを睨《にら》んで来た。

「おい、そしたら、あとを頼むぜ」

窓辺から身を引いた根室が言う。そして、玄関へと向かうのを、浩介はあわててとめた。

「ちょっと待ってください。どこへ行くんですか?」

「ちょいと自分で調べる必要があるんだよ」

「何をです――?」

根室は面倒臭そうにしたが、

「モロさんは、自分が娘の美容院に寝泊まりしてることを俺に言ってなかった。娘が、金を必要としてることもだ。最初から俺には内緒で、何とか金を作ろうとしてたのかもしれない。もしもそうなら、葬儀の場で、実行犯と一緒にヴィップルームにいた人間を特定したのにもかかわらず、それを俺には言わなかっただけじゃなく、わざと俺にはそいつが誰だか特定できないように、隠し事をしてたのかもしれねえ。だとすりゃあ、それを調べてみるのが近道だ。もう行くぜ。ビッグ・ママが来ちまうからな。あとはおまえが適当に言っておけ」

最後の言葉を言い終わる頃には、根室はもう部屋を飛び出していた。

「根室はどこよ？」

の問いかけに、

「いえ、自分ひとりですが」

と答えかけた途端――

「このバカ助が！」

深町しのぶの雷が、浩介の頭上に落ちた。

「阿呆《あほ》な先輩を庇《かば》おうなんて、十年早いわよ。そういうことは、一人前になってからやりなさい」

（…………）

浩介は、踏み潰された塩ビの人形みたいにぺしゃんこになった。

「あの……、どうしてここが……?」

かすれ声で訊くと、「何を基本的なことを」とでも言いたげに、しのぶはツンと鼻を上向けた。

「諸井卓の携帯の使用履歴から、河西晋一と頻繁《ひんぱん》に連絡を取り合っているのがわかったからよ。河西が何者かは、端末データですぐに判明した。おおよそのことは想像できるけれど、一応説明しなさい」

浩介の話を、ビッグ・ママこと深町しのぶは黙って聞いた。不機嫌そうな様子は変わらず、

「で、あのバカは、自分でもっと調べに行ったわけね」

「はい……」

最後に吐き捨てるように訊かれ、いよいよいたたまれなくなった浩介に、しのぶが自分の携帯を差し出した。

「シゲさんと話しなさい。根室とあんたが聞き込みの担当エリアから消えたのを気にしていたので、さっき根室から連絡があったとき、私から一報しておいたわ。何か、あなたに話があるそうよ」

交番勤務の警察官が相互連絡に使用する所轄系無線は出力が小さいため、せいぜい隣の

管轄区域ぐらいまでしか交信ができない。浩介は、いたたまれない気持ちで重森に連絡した。班長は、業務用の携帯電話を持ち歩いている。

だが……、重森はいつものように穏やかで、浩介を責めようとはしなかった。

「その件はいい。それよりも、立番《りつばん》で交番に残った庄司から連絡があって、高瀬茉莉《たかせまり》という女性がおまえを訪ねて来たそうだ」

「マリが……」

思わずそうつぶやいてしまって、浩介はすぐに後悔した。高瀬茉莉というのは、マリのことだった。

「高瀬さんが、いったい何の用だと……？」

あわてて、そう尋ね返した。

「仁英会の鶴田昌夫のことで、至急、おまえに相談したいことがあるそうだ」

（またか……）

という言葉が、胸をよぎった。

しのぶに雷を落とされたあとに、重森の穏やかな話しぶりに接することで、胸のモヤモヤが増幅された。いっそのこと叱責《しっせき》されたほうがほっとするのに、いたたまれない気がしてならなかったのだ。

「この忙しい状況なのに、お騒がせしてしまって申し訳ありません。自分があとで対処しますので、放っておいてください。いえ……、自分から庄司さんに連絡して、そう伝えます」

「ちょっと待て。それはどういうことだ。わざわざ心配して、交番を訪ねて来たんだぞ。ましてや今、仁英会は緊迫した状況にある。すぐにおまえから彼女に連絡を取れ。そして、鶴田昌夫の状況を詳しく訊くんだ。いや、直接会って来い。やつは、岩戸和馬のボディーガードだった男だぞ。和馬が襲撃されて殺されたことで、最もいきり立っているひとりだ」

「しかし……、これで三度目ですから……。岩戸和馬が襲撃された夜も、葬儀の夜も、やつが何かしでかすと言って連絡して来たのは、彼女なんです……。その挙句、大騒ぎになって、多くの警官に迷惑をかけたのに……。結局は二度とも、鶴田昌夫は高瀬茉莉が暮すマンションのゴミ置き場で酔い潰れていました……。だから、きっと——」

「この馬鹿者！」

浩介は重森に怒鳴《どな》りつけられて、身を縮めた。

花園裏交番で働き出して以来、重森からこんなに激しく叱責されたことはなかった……。

「何かあってからでは遅いんだぞ」

「——」

「無駄骨の何が悪いんだ。警官ってのは、万が一に備えるのが仕事だ。特に、我々制服警官はな！　その挙句に何もなかったのならば、それでいいんだ。無駄骨は、社会が平和な証拠なんだぞ。すぐに高瀬さんに連絡をしろ」

3

マリは新宿三丁目の地下鉄へ下る階段の降り口で、浩介のことを待っていた。今日も夜になってから冷え込みが増し、また雪になりそうな気配がある。彼女は北風に肩をすくめ、コートの襟《えり》の中に顔を埋めるようにしていたが、制服姿の浩介に気づくとホッとした様子で頬を緩《ゆる》めた。

（この人は、俺を頼ってくれている）

「ごめんね……。仕事中の忙しいときに……」

「構わないさ。何か起こってからでは遅いんだ」

言う傍《そば》から、それが重森の言葉の受け売りに過ぎないことに気づき、浩介は急に自分がちっぽけな男に思えた。

「この子が、カオルちゃん。本名よ。二丁目のゲイバーで働いてるわ。そろそろお店に入らなけりゃならない時間なんだけれど、一緒に待っててくれたの」

横に一緒に立っていた男のことを、マリが浩介に紹介した。浩介と同じぐらいの背丈で筋肉質の男だったが、顔つきは女性的で優しく、ゆで卵みたいにつるつるの肌をしていた。

マリによると、このカオルが昨夜、二度にわたり、新宿二丁目界隈《かいわい》をふらふらしている鶴田昌夫を見かけたのだそうだ。

「でも、ツルちゃんがひとりで二丁目をふらふらするなんて、絶対に変なのよ。だって、あの子、ゲイの人たちをすごく毛嫌いしてるのね。差別とか、そういうんじゃないけれど、ほら、ああいう子だから、男のくせになよなよしてるのは気持ち悪いって言って、たまたま同じ店でゲイの友人が飲んでるのと出くわして紹介したこともあるんだけれど、つっけんどんで不機嫌そうにしてたの」

マリはさらにそう言い、だから、きっと何か特別な理由があるはずだと意見を述べたのだった。

浩介はカオルに礼を述べ、

「それは昨夜の何時頃のことだったんでしょう？」

とりあえず質問を向けてみると、

「そうね、最初は結構早くて、六時頃。でも、そのあと十時近くになって、お客さんから用を頼まれてお店を出たらまた見かけたので、びっくりしたのね。だって、ツルちゃんがゲイ嫌いだっていうのは、私もマリから聞いたことあるから。だから、二丁目でいったい何してるんだろうって——」

一夜明けてもまだ気になったので、前にマリがツルを心配して電話を寄越したのを思い出し、「それで、私から連絡したの」とのことだった。

「二度とも、同じ二丁目の同じ場所で見かけたのだろうか？」

浩介がそう聞いてみると、カオルは首を振った。

「ううん、それは違うわ。最初はメインの仲通《なかどお》りからちょっと奥に入った路地の辺りだったけれど、十時頃になって二度目に見かけたときは、仲通りにいた。あの人、大きいから。だから、遠くからでも見えたのよ」

「ね、気になるでしょ。あの子が二丁目にいたこと自体おかしいし、六時から十時まで、四時間もあるのよ。その間、ずっといたのだとすれば、絶対変よ——」

マリがそう力説しつつ、浩介の顔を覗《のぞ》き込むようにする。

たぶん、ツルのためにこうして浩介を呼び出してしまったことを、マリのほうでも気にしているのだ。

「確かに、二丁目で何をしてたのかな……」

「この辺りに、暴力団の事務所はないのかしら……。どこか、仁英会と対立してるところとかの……。もしかして、ツルちゃんはそこの様子を窺《うかが》ってたとか……」

「まあ、事務所ならば、裏手にないこともないけれど……」

浩介は、まだコロナ禍の真っただ中に、二丁目の裏手に事務所を構えた《早乙女《さおとめ》興業》という暴力団を捜査したことがあった。組長の早乙女源蔵《げんぞう》には、健斗《けんと》という引き籠《こ》もりの息子がいて、この息子が父親の隠していた拳銃を持ち出したのである。

健斗はその後、コロナ禍にもかかわらず集まって賭博《とばく》に興《きょう》じる政財界やマスコミの大物たちの秘密の会に侵入し、大がかりな逮捕のきっかけを作った。

しかし、あの組は香具師《やし》系の暴力団で、仁英会とも嘉多山興業とも何のつながりもなく、今回の襲撃事件に関係があるとは思えなかった。

それに、もしもツルが岩戸和馬を殺害された報復のために、この界隈を調べたり張り込んだりしていたのだとしたら、対象は組事務所ではなく、岩戸和馬が高田馬場で襲われた愛人のマンションのように、どこかもっとターゲットを狙いやすい場所ではないかという気がする。

浩介は、あてどなく周囲を見回した。

「とにかく、ツルを見かけた場所に案内してもらえますか？」

カオルに頼み、歩き出した。

（この二丁目のどこかに、鶴田昌夫のつけ狙う相手がいるのだろうか……）

無意識に「つけ狙う」という言葉を思い浮かべ、そのことに浩介はゾッとした。ツルを、犯罪者にはしたくなかった……。

（いや、運が悪ければ、自分が命を落とすことだってあるはずだ……）

「ツルちゃん、バカなことを考えてなけりゃいいんだけれど……」

マリがつぶやいたときだった――。

乾いた破裂音が、三つ、つづけざまに聞こえた。

高いビルの壁に反響し、音がどの方向からしたのか判断がしにくかったが、仲通りのほうからではないかと思われた。

浩介は革帯に装着した無線を抜き取り、あわてて本署に連絡を入れた。誰かの悪戯《いたずら》かもしれない……。そう思いたい気持ちがあったが、本能的にそれを否定する自分がいた。

認識番号と現在地を告げ、

「拳銃の発射音らしきものを聞きました」

との報告を上げたとき、さらに破裂音が聞こえ、今度は方角にはっきり見当がついた。

間違いない！　やはり、仲通りのほうからだ……。新宿二丁目のメインの通りであり、その両側にはゲイバーなどの小さな店が密集し、日暮れから明け方までずっと酔客たちで賑わっている通りだ。

コロナの緊急事態宣言のときには、このストリートも無人になっていて驚いたものだが、現在では元の人出に戻っている。そんな通りで発砲があれば、無関係な市民が巻き込まれかねない……。しかも、最悪なことに、夜の人出が増える時間帯に差しかかろうとしている……。

「ここにいて。決して動かないで」

浩介はマリたちに言い置くと、もの問いたげな顔を向けて来るふたりが何か訊く前に地面を蹴《け》り、仲通りに向けて走り出した。

想像通り、そこは大勢の通行人で溢れていた。その誰もが発砲音らしき音に驚き、歩みをとめていた。周囲に視線を巡らしたり、仲間同士で顔を寄せ合って何かささやき合ったりしている。中には制服警官の姿に気づき、不安げに浩介を見つめて来る者もある。

(どこだ……。どこで発砲があったのだ……)

浩介も神経を集中して周囲を見回すが、しかし、それらしき人影は見当らなかった。建物の窓などにも、何の異変も見当らない。

発砲を前提として、至急市民を避難させなければならないが、発砲場所に見当がつかなければ誘導のしようがないのだ……。

発砲音の途絶えた一瞬の静寂を破り、車のエンジン音が聞こえた。再び乾いた破裂音がしたと思ったら、横の通りからすごい勢いで飛び出してきた車が一台、ふらっと鼻先を曲げ、十字路の角に立つ電柱に突っ込んだ。

衝突の衝撃音につづき、クラクションが鳴り響いた。衝突した対象が小さい場合には、エアバッグの開かないケースがある。男は頭からフロントガラスに突っ込み、頭部からだらだらと血を流し始めた。

「逃げてください！ 立ちどまらないで！ 発砲事件です‼ 全員、ここからすぐに逃げて！ 店内にいる人は決して店から出ないで、状況がはっきりするまで、頭を低くしていてください」

浩介は、地面を蹴って走り出した。何事かという顔で車のほうへ寄って行こうとする人たちを手で制し、大声でそう呼びかけながら、運転席に走り寄った。男が苦痛に顔を歪《ゆが》めて、もがいていた。胸が真っ赤で、車内のあちこちにも鮮血が散っている。

「くそ……。裏切られた……。誰かが、俺たちを……、くそ……」

まだ二十代らしい若い男だった。かすれ声でそう漏《も》らしたが、目の前に制服警官がいることに気づいて、あわてて口を閉じた。

「いったい何のことだ――？」

と訊いても、顔をそむけて何も答えない。

苦痛の呻《うめ》き声を漏らし、苦し気に息を吐いている。浩介は、男の負っている傷が、フロントガラスに突っ込んだ頭部のものだけではないことに気がついた。体に、拳銃の弾を喰らっている。

「しっかりしろ。すぐに救急車が来るから、しっかりするんだ」

無線で救急車を手配する浩介の前で、見る見るうちに顔から血の気が失せ、男は下顎をだらっと垂らして白目を剝《む》いた。意識を失ったのだ。

車が飛び出してきた横合いの道のほうを見ると、ビルの正面に車が二台、鼻づらを突き合わせて停まり、その車の周辺に男がふたり立っていた。

身構え、睨みつけて来る男たちの手に拳銃があることに気づき、浩介の背中に冷たい緊張が走った。

男たちの横のビルから銃声がつづけざまに響き、二階の窓ガラスが割れた。三階の窓は、既《すで》に割れていた。二階と三階で誰かが撃ち合い、争っている……。

（いったい、何が起こっているんだ……）

頭が真っ白になりかけた。

こんなことが、自分の目の前で起こるなんて……。しかも、たったひとりでいるときに……。警察学校で習ったこともなければ、およそ四年間の交番勤務で経験したこともない事態だった。

（応援はまだなのか……）

浩介は、無意識に周囲を見渡した。ひとりでは、到底手に負えない……。無論のこと、銃を持った相手と対したときの心得は、警察学校で習っていた。市民の安全を確保し、相手の身柄を確保できるタイミングを測《はか》ること。そして、単独行動は避け、必ず応援を待って複数で行動すること……。

くそ！ 応援を待ってなどいられない……。

ホルダーの留め具をはずして拳銃を抜いた。右手で構えた拳銃の銃尻に左手を添え、右肩を引いてやや体を斜めにし、男たちに狙いをつけて腰を落とした。

「拳銃を捨てろ！ 逮捕する。すぐに凶器を捨てるんだ!!」

ふたりとも、浩介と同年代の男たちだった。ちょっと前に電柱に突っ込んだ車を運転していた男を撃ったのは、このふたりだ。

男たちは制服警官を目にして、互いの顔を見合わせた。どうするか、判断に迷っている。四方八方から近づいて来るパトカーのサイレンの音に気づいて周囲を見回し、反射的に車に逃げ戻ろうとしかけたときだった……。

雑居ビルの出入り口から、男がひとり転がり出て来た。小柄で小太りの男を目にして、浩介は息を呑んだ。岩戸虎大……。

虎大もまた、右手に拳銃を持っていた。ビルの外にいる男たちふたりに出くわし、ためらいなくその銃口を持ち上げ、発砲した。

一瞬、反応が遅れた男たちが、ふたりとも銃弾を喰らってのたうち回る。

ビルの中から誰かが撃って来て、岩戸虎大はガクッと左膝を地面についた。太腿《ふともも》か臀部《でんぶ》に被弾したらしく、見る見るズボンが血で染まっていく。

岩戸虎大はビルの中に向かって撃ち返し、片脚を引きずって逃走を始めた。浩介のほうに向かって逃げて来るが、注意は背後に向いている。忙《せわ》しなく背後を振り向き、銃を握った右手を、いつでも発射できるようにと後方へ向けて構えている。

浩介は、虎大に狙いを定めて自分からも近づいた。

「岩戸虎大、銃を捨てろ！　警察だ」

浩介が声を上げると、岩戸虎大は初めて自分の前方に注意を向けた。

はっとし、

（おまえか……）

とでも言いたげな顔をした。

そして、なぜだかニヤッとしたように見えた。

ビルの中から岩戸虎大の背後へと、男がひとり躍《おど》り出て来た。

男が岩戸虎大を狙って発砲し、岩戸も撃ち返す。

虎大の弾は外れたが、男の放った銃弾は岩戸の右肩を射抜き、岩戸は被弾の衝撃で地面に倒れた。拳銃が虎大の手を離れ、アスファルトで跳《は》ねて転がっていく。

さらに虎大を狙って発砲する男へと、浩介は拳銃の狙いを定め直した。

「銃を捨てろ！」

そう声を上げたが、興奮状態にある男は発砲をやめず、わずかに狙いのずれた銃弾が地面で跳ねた。それが浩介の両脇をかすめ、背後のメインストリートへと吸い込まれて行く。

（こんなところで、発砲しやがって……）

浩介は夢中で引き金を引いた。

銃を発射した反動が腕から肩に伝わるとともに、男の胸から鮮血が散った。男が倒れる様が、なぜだかとてもゆっくり、そして、鮮明に見えた。周囲の物音が何もかも遠ざかり、急にやけに静かになった。

岩戸虎大が漏らす苦痛の呻き声に気づき、浩介は我に返った。

「すぐに救急車が来るから、動かないでください――」

「なあに、これぐらいの傷はなんてことねえよ。俺ぐらいになるとな、自分でわかるんだ。こんなのは、唾《つば》をつけておけば治る……」

岩戸虎大は言って、にやりと笑った。だが、起き上がることはできなかった。すぐ真顔になり、

「それより、ツルを……。野郎がまだ中だ……。あの野郎、俺のことを庇いやがって……」

「ツルが一緒に……」

「ああ、野郎は本物の男だよ――」

「ちきしょう。勝手なことを言わないでくれ……」

虎大は浩介の権幕に驚き、ほんの一瞬気まずそうにしたが、顔をそむけ、強情な顔つきになって黙り込んだ。

「ツル……」

口の中で呼びかけ、ビルに向かって動きかけた浩介のもとへ、

「大丈夫か、怪我はないか——？」

防護服を身に着けた警官がふたり、仲通りのほうから走って近づいて来た。

所属が違うために名前まではわからなかったが、ふたりとも、非常呼集などの出動の折には、顔を合わせたことがある相手だった。

「自分は大丈夫です……。この男に救急車を——。応援を要請してください。あのビルが騒動のもとです。中には、おそらく、まだ銃を持った人間が……。すぐに市民を避難させなければ……」

言葉が次から次に溢れて来て、とめることができなかった。

「落ち着け。もう大丈夫だから、落ち着くんだ——」

年配のほうの制服警官が、浩介に労《いた》わりの顔を向ける。

彼らの背後から来た別の警官たちが、浩介たちの横をすり抜け、ビルに向かって駆けていった。道の反対側からも、防護装備に身を固めた警官たちが現われ、ビルを目指す。

彼らはビルの入り口にたどり着くと、訓練された動きで左右の壁に張りつき、中の様子を窺った。指揮官の指示で、次々にビルへ消えて行く。「機捜」と呼ばれる、機動捜査隊の猛者《もさ》たちだった。

いつの間にか、周囲をパトカーが埋め始めていた。パトカーの周辺に警官が待機する一方、付近のビルや路地の出入り口にもひとりまたひとりと人が配され、辺りを封鎖し始めていた。危険エリアに近づく者がないように目を光らせ、誰もこのエリアから外へは逃がさない万全の備えだ。

ほっと気持ちが緩むとともに、自分が異常なほどの緊張状態にあったことを知った。

「もう大丈夫だから」

と、年配の制服警官が繰り返した。

「だから、拳銃をホルダーに仕舞え」

何か腫れ物に触れるような口調で告げられ、浩介は拳銃を革帯のホルダーへと戻してフックをとめた。

走り寄って来た救急隊員たちが、岩戸虎大に応急処置を施《ほどこ》し、担架《たんか》に乗せる。虎大は、そうされる間中ずっと、ふてぶてしい笑みを浮かべていた。

（ツル……）

浩介は、うすら笑いを浮かべる虎大から前方へと視線を戻した。

「よせ！　どこへ行くつもりだ――？」

ビルへ近づこうとする浩介を、年配の警官があわててとめた。

「中にツルが……、鶴田昌夫が……」

「誰だ、それは？」

「仁英会の……」

と言いかけ、やめた。

「とにかく、あいつを助けに行かなくては……」

「よせ。中にはまだ、武器を持った連中がいるんだ。機捜の人間たちに任せるんだ」

「しかし……」

そんな言い合いをつづける浩介の前に、逮捕されて手錠をかけられた男たちが連行されて現われた。

浩介は、息を呑んでビルの出口を見つめたが、そこにもツルの姿はなかった。胸のざわめきが、ひと呼吸ごとに大きくなっていく……。

ビルを取り囲んで集まった警官たちの中に、深町しのぶの姿を見つけ、

「おい、待て」

浩介は制止を振り切って彼女のもとへと走った。

「ツルは……。鶴田昌夫はどうなりました――？　やつは、岩戸虎大を庇って撃たれたら

しいんです……」

深町しのぶは浩介の様子に驚きつつ、首を振った。

「まだ、中の正確な様子はわからないわ……。こら、待ちなさい、浩介！」

しのぶの声が追って来たが、浩介はもうビルの中へと飛び込んでいた。狭いロビーを横切り、階段を駆け上る。

踊り場で、手錠をはめた男を連行する防護服姿の男たちと出くわし、その横をすり抜けた。機捜の男たちは一瞬怪訝《けげん》そうな顔をしたが、気を呑まれたらしく、すごい勢いで駆け上がっていく浩介をとめようとはしなかった。

襲撃現場となった二階の部屋には物が散乱し、あちこちに血痕が残っていた。

そこでは警官数名が見守る中で、救急隊員たちが血まみれの男ふたりに応急処置を施していたが、ふたりとも鶴田昌夫ではなかった。

「おい、待て――」

そんな言葉が追って来るのを無視し、浩介は階段をさらに駆け上った。

だが、三階の部屋に飛び込もうとして、たたらを踏んだ。見えない壁に鼻づらをぶつけ、足が前に一歩も出なくなった。

戸口の入ったすぐのところに、大きな男が、こちらに頭部を向けて仰向《あおむ》けに倒れていた。その巨体から流れ出した血が、安っぽいカーペットを敷いた床に広がっていた。

「ツル……」

浩介は鶴田昌夫に取りつき、体を揺すぶった。

「おい、ツル……。ツル……。起きてくれ、ツル――」

（こんなことは何かの間違いだ……）

マリのマンションのゴミ置き場で酔い潰れていた、鶴田昌夫の姿が思い出された。そのほうが、よっぽどこの男らしい気がした。

「おい、きみは何だ⁉ 触ってはいかん！」

背後から声がし、腕を強く摑《つか》まれた。

その瞬間、ツルの鼻孔がわずかに動いた。

それは錯覚かと思えるほどに微かな動きだったが、さざ波のように瞼と唇へと広がり、ついには顔全体を苦痛に歪めてツルは目を開けた。

「おまえ……」

すぐ傍にいるのが浩介だと気づき、こんなときだというのにツルはきまり悪そうな顔をした。

「生きています……。この男は生きている……。救急隊員を呼んでください」

驚きで声が出ない浩介が必死で訴えると、腕を摑んでいた警官があわてて階段へと走り、

「ここにも負傷者がいるぞ！　救急隊はこっちに来てくれ！」

階下に向かって呼びかけた。

あわただしく駆け上がって来た救急隊員たちが、職業的な冷静さを保って応急処置を開始する。

「階段を空けて、救急車をビルの前につけさせてください。大至急、病院に搬送します」

そばで見守る浩介たちに告げ、ツルの体を担架に乗せた。

浩介は大男を運ぶのに苦労する救急隊員たちに気づき、自分も横から支えに走った。別の警官が先導し、

「怪我人を搬送します。階段を空けてください」

浩介たちは必死で担架を運んだが、ちょっと前に夢中で駆け上がったときとは違い、なかなか一階が近づいて来ない。大男の体重を支える両腕の筋肉が、ぱんぱんに張って来る。

やっとのことでビルから出て、救急車に運び入れようとすると、

「ツルちゃん――」

警官たちの制止を振り切って走り寄ってきたマリが、ツルの体にしがみついた。

ツルの顔から苦痛が消え、すっかり静かでやすらかな顔つきになっていることに驚き、浩介は強いショックを受けた。目の前にいるツルが、どこか遠くに行ってしまったような

気がした。

「なんだよ、おまえら、つるんでやがったのか……」

ツルの声は、ほとんど聞き取れないぐらいにかすれていた。

「あんたを捜してたんじゃない、バカ……。どうしてこんなことしたのよ……、バカ。どうして……？」

「しょうがねえだろ……。しょうがなかったんだよ……」

「男らしくなんかなくたっていいじゃないの……。バカよ、あんたってなんでバカなの……。ツルちゃん、私、あんたのものになる……。あんたと一緒にいるから……、だから、死なないで……」

「――――」

ツルの唇が微かに動いたのは、笑みを浮かべたのかもしれない。

「さあ、どいて。すぐに搬送しなければ」

救急隊員がきつい口調で言い、浩介はマリを抱きかかえるようにしてツルから引き離した。

「一緒に病院へ行こう。さあ、だからツルから離れて」

マリと浩介が見守る中で、救急隊員たちは担架を救急車に運び入れた。ひとりが体を固定し、もうひとりが必要な機材をつなぎ、

「警官がどなたか同乗してください」

そう告げたときだった。たった今、ツルの胸にコードをつないだばかりの機材が、

「ピー」

と長く尾を引く電子音を上げ始めた。

「AEDだ！　準備しろ!!」

年配の救急隊員がもうひとりに告げ、自動体外式除細動器の電源を入れた。ひとりがツルの胸を開くと、さっと身を引き、パッドが胸に押し当てられた。

電気ショックでツルの体が跳ね、マリが小さく悲鳴を上げた。浩介は、しがみついて来るマリを抱き締めた。

救急隊員たちは人工呼吸と心臓マッサージを行ない、AEDを三度繰り返したが、やがて車外で様子を見守る全員のほうを向き、そのくせ誰とも目を合わせないようにしながら静かに告げた。

「心停止です――」

浩介は、鶴田昌夫の顔から視線を離せなかった。じっと見つめていれば、ついさっきと同じようにまた鼻孔が動き、瞼や唇が動く気がしてならなかった。

余波

1

「浩介——」

名前を呼ばれて振り向くと、深町しのぶがじっと浩介を見つめて立っていた。

しのぶは口を開きかけてやめ、鶴田昌夫を見下ろした。

「あなたが最初に無線連絡を寄越して現場に到着した警官よ。詳《くわ》しく事情を話してもらうわ。いいわね」

いつもの彼女と比べて奇妙なぐらい労《いた》わりに満ちた口調で言われ、それが逆に苦痛になった。

「あの……、ツルちゃんは、どこの病院に運ばれるんでしょうか……？」

マリが、救急隊員としのぶの顔を順番に見ながら訊《き》いた。

救急隊員は口を閉じたまま、しのぶに視線をやることで答える役を譲った。遺体はもう、彼らの仕事の範疇《はんちゅう》ではないのだ。

「司法解剖に回されます。そのあとは、おそらく新宿署の遺体安置室に安置されるでしょう」

「傍《そば》についていてあげたいんですが、そういうことはできませんか――？」

「ごめんなさい。それはできないのよ」

静かに告げるしのぶを前に、マリは少しためらってから改めて口を開いた。

「あの子……、親がいないんです。父親はツルちゃんが子供のときに死んじゃって……、母親はまだ生きてるけれど、長年連絡が取れない状態だし……。だから、遺体の引き取り手がなかった場合、私がお葬式を出したいのですけれど、そういうことはできますか……？」

しのぶは姉のような目でマリを見つめた。

「引き取り手が見つからない御遺体の場合は、区役所とも相談する必要があります。坂下が責任を持って対応するので、詳しい相談は、あとで彼との間で行なってください。坂下巡査、いいわね、ちゃんとフォローをするように」

「承知しました――」

しのぶはポケットを探《さぐ》り、マリに向かって名刺を差し出した。

「私もいつでも相談に乗るわ。名刺を渡しておくので、もしも私に何かできることがあったら、遠慮なく連絡をちょうだい。いいわね」

「ありがとうございます……」

「大丈夫かい？　早苗さんに連絡を取ろうか――？」

浩介は、少しだけけしのぶに待っていてもらって問いかけたが、マリはすぐに首を振った。

「大丈夫よ。彼女、今夜はひとりでお店を守ってくれてるんだもの。これ以上、迷惑はかけられないわ。いっそのこと、私もお店に入ろうかな……。そのほうが、気が紛《まぎ》れるかもしれないし……」

マリは目を赤く腫らしたまま、明るく振る舞おうとしていた。

「捜査に協力しなければならないんだ。行って来るけれど、あとでまた会いに行くよ。スマホに連絡する」

「ありがとう……。私のことは大丈夫だから……、だから、浩介は浩介の仕事をして――」

浩介はマリを抱き締めてやりたかったが、大勢の警察官がいる中で、そんなことをするわけにはいかなかった。

繁華街での銃撃戦というショッキングな題材にマスコミや野次馬が群がり、制服警官たちが懸命に規制線を護《まも》っていた。

しのぶは浩介をパトカーの一台へといざない、彼らに一瞥《いちべつ》をくれると、

「中で話しましょう。どう、何か飲む？」

と、浩介をパトカーの後部座席に坐《すわ》らせた。

「いえ、大丈夫です……」

口の中が乾き、そう答える声がかすれてしまった。

「誰か、何か飲む物を持ってないかしら——」

しのぶは周囲の人間を見回して問いかけてから、自販機を見つけてみずから走った。

ペットボトルの冷たいお茶を二本買い、両手に持って戻って来て隣に坐ると、片方を浩介に差し出した。

「喉《のど》が渇《かわ》いてるときは、お茶のほうがいいかと思って。さ、飲みなさい」

浩介は礼を言って受け取り、冷たいお茶を喉に流し込んだ。乾いてスポンジみたいに膨らんでいた舌が、少しだけ元に戻るのを感じた。

だが、冷たい液体が食道を下るとともに、体の中にしこっていた感情の塊が刺戟《しげき》され、堰《せき》を切ったようにして後悔が押し寄せて来た。

（とめることはできなかったのか……）

(何かしてやることはできなかったのだろうか……)

「しっかりしなさい、浩介……」

「大丈夫です……。俺は大丈夫ですから……、ですから、何でも訊いてください……」

そう答える言葉のすぐあとから、熱いものが込み上げてきそうになり、浩介はあわてて息を詰めた。「兄貴、兄貴」と言って西沖達哉について回っていたツルの姿が、思い出されてならなかった。

岩戸和馬と虎大の兄弟と一緒になって得意げに新宿の街を闊歩《かっぽ》していた姿や、マリのマンションのゴミ置き場で酔い潰れていた姿が思い出され……、そして、やはり最後には、通勤の人波に逆らうようにして立ち、浩介を睨《にら》んでいたあの朝のツルの姿がよみがえり、瞼の裏から消えなくなった。ガキ大将のような顔で、どこか悲しげに浩介を睨んでいたあの顔が……。

「シゲさん……」

手に余るものを感じた様子のしのぶが、ふと視線をやってつぶやき、浩介はその視線の先に重森周作の姿を見つめた。

浩介はパトカーの後部座席から降りて、重森の前に立った。

「シゲさん……、ツルが……。俺の目の前で、ツルが……。全部、俺のせいなんです……。もっとやつに気を配ってやっていたら……、そうしたら、こんなことにはならなかったはずなのに……、それなのに、俺は……」

次から次と言葉が口を衝《つ》いて出たが、やがて喉で立ち往生した。なんていうことだ……。涙が溢れ、自分でどうにもできなかった。

「しっかりしろ、浩介。自分を責めてはいかん。鶴田昌夫は、ヤクザだった。ヤクザってやつは、引くに引けないシチュエーションに追い込まれると、最後は我が身を投げ出すしかなくなるんだ――」

「しかし……、きっと助けを求めていたはずなんです……。あいつがマリのマンションのゴミ置き場で二度も酔い潰れていたのは、本当は、そうすることで助けを求めていたにちがいありません……」

口に出して言ってみると、きっとそうにちがいないと思えてならなくなった。

（あのとき、俺さえ一緒にいなければ……）

そうすれば、ツルはマリに真っ直ぐ助けを求めたのではないのか……。マリは我が身を以《もっ》てツルを思いとどまらせていたのではないのか……。

「シゲさん、俺がツルのことを、こんなふうに追い込んだのでは……」

浩介はそう言いかけ、尻すぼみに言葉を消した。

「バカを言うな……。浩介、職務に専念しろ。おまえが事件に遭遇した最初の警官だそうだな。今ここで、報告することがあるだろ」

重森の顔は厳しく、口調が冷徹なものに変わった。

「街中で、銃撃戦があったんだ。そして、複数の死者が出た。幸い、巻き込まれた市民はいなかったが、そうなる危険だってあったのは明白だ。警察全体で、迅速《じんそく》な対応が要求されている。わかるな？」

「はい……」

「何か、気づいたことはないのか？」

浩介は手の甲でそっと頰《ほお》を拭《ぬぐ》い、呼吸を整えた。ある記憶がよみがえって来た。

「そうだ……。裏切られた、と……。そう言っていました……。車を運転していた男が、うっかり漏《も》らしたんです……」

「どういうこと——？　車にいた、運転手役の男が言っていたの……？」

傍に寄り添っていたしのぶが訊く。

「そうです。銃撃されて電柱に突っ込んだとき、そう口にしたんです——」

「裏切られた、と、はっきり言ったのね？」

「はい、間違いありません」

浩介は、あのとき男が口にした言葉をできるだけ正確に思い出し、

「くそ……。裏切られた……。誰かが、俺たちを……。そう言いました。俺たちを、相手に売ったんだ、とか、そういったことを言いたかったのではないでしょうか」

と、推測をつけ足した。

「なるほど。襲撃が失敗に終わった理由は、それなのね」

「失敗……」

「襲撃者は、岩戸虎大と鶴田昌夫のほかに、ふたり。それに、今、あんたが言った運転手役の男を入れて、合計五人だったわ。ビルに突入した四人のうち、鶴田昌夫は亡くなり、他のふたりも重傷を負って、ふたりとも病院に搬送された。岩戸虎大だって、命からがらビルから逃げ出したわけだし、失敗したのよ」

さっき、救急隊員たちによってビルから運び出されて来た怪我人は、岩戸虎大の部下たちだったのだ。

「教えてください。相手は誰です？　やはり、嘉多山興業ですか？　ここは、何のビルなんです？」

「このビルの二階と三階は、《東亜《とうあ》ファイナンス》という闇金が使ってるわ」

「闇金を、なぜ仁英会の岩戸虎大たちが……？」

「《東亜ファイナンス》の実質的なオーナーは、嘉多山興業絡みのブラック・リストに載ってる筧正司《かけいしょうじ》という男よ。嘉多山哲鉉と関係が深い、要注意人物のひとりなの」

「じゃあ、やはり……」

「ええ、そう。岩戸虎大は、嘉多山を狙ったのよ。筧は元は大手サラ金業者の社員だったけれど、その当時、多重債務者のリストをこっそりと外部に漏らしていて解雇されたの。その後、詐欺《さぎ》や恐喝など複数の容疑で逮捕され、服役中に嘉多山哲鉉と出会って意気投合した。出所後は、嘉多山のブレーンとして組の資金管理、運用を任されてるわ。嘉多山興業絡みで《東亜ファイナンス》に客が回っているのはもちろん、嘉多山興業のためにアングラマネーの資金調達や資金洗浄《マネー・ロンダリング》にもタッチしてると言われてる。篁は嘉多山にとっては、表社会との架け橋にもなる相手だから、篁を訪ねるときには必ず丸腰でこっそりと行くことにしてた。岩戸虎大は、それを絶好の機会として狙ったにちがいないわ」

深町しのぶがそう話し終えたまさにそのとき、ビルの出入り口から、私服警官に連れられて、男がふたり現われた。

その片方には、浩介も見覚えがあった。岩戸和馬の葬儀のときに見た嘉多山哲鉉だ。もうひとりも、嘉多山と同年代の男だった。髪をオールバックにして固め、縁なしの眼鏡をかけて口髭《くちひげ》をはやしている。

「一緒にいるのが、篁よ」

しのぶは言うと、

「あんたはダメ。ここにいなさい」

動こうとする浩介を厳しく手で制し、自分が走って彼らに近づいた。嘉多山哲鉉が彼女から声をかけられ、ふてぶてしく唇を歪めて何か言い返す。

浩介は、嘉多山も筧も手錠をされていないことに気づいて、驚いた。

（まさか、あいつらは逮捕されないのか……）

そんなことがあるはずはなかった。いくら襲われた側だとはいえ、手下たちが駆けつけ、武器を使って岩戸虎大たちを負傷させ、そして、鶴田昌夫を殺害したのだ。

嘉多山と筧のふたりがパトカーに消え、しのぶは捜査員と何かやりとりをしてから戻って来た。

「なぜ、あいつらはふたりとも手錠をされていなかったんですか？」

「三階の奥にもう一部屋あって、ふたりはそこにずっと隠れていたらしい。そして、自分たちは無関係だ、岩戸虎大たちは強盗目的で、筧が経営する《東亜ファイナンス》に押し入ったのだと主張してるわ」

「そんなバカな言い分が……。駆けつけて来た男たちは、何なんです？　あの男たちは、拳銃で武装していました。嘉多山が連絡をして駆けつけたに決まっています」

「バカね。あわてるなってだけの話よ。これから、とことん絞め上げてやる。新宿の街中で、大っぴらに拳銃を撃ち合ったのよ。こんなふざけた真似をして、ただじゃ済まない。嘉多山興業も、仁英会も、叩き潰してやるわ。私は本気よ。私だけじゃない。誰もが怒りに燃え滾《たぎ》ってる。あんただってそうでしょ」

「はい――」

「そしたら、担当の刑事をひとり呼ぶから、あんたが見たことをすべて詳細に供述しなさい。それから、浩介。あなたの発砲の件よ。あなたはこれから、自分の本署で、審議会に備えて上司から質問を受けることになる」

深町しのぶはそう話を切り出してから、視線を重森に送った。

「俺から話そう」

重森がうなずき返し、

「おまえが発砲した相手は救急搬送され、現在、治療中だ。おまえはこれから、交番長と地域課長のふたりから、発砲したときの状況を詳しく訊かれる。俺も一緒に行くが、質問中はおまえひとりになる。それと、今夜はあくまでも非公式な事情聴取だが、おそらく明日か明後日には、改めて正式な審議会が開かれるはずだ。そう心得ておけ」

2

坂下浩介が働く新宿花園裏交番は、四谷中央署の管轄下にあり、四谷中央署が「本署」に当たる。重森周作とともに四谷中央署に戻った浩介を、地域課長の桐原《きりはら》と交番長の栄田《さかえだ》が待っていた。

浩介はこのふたりから、発砲時の詳細を根掘り葉掘り訊かれた。時には同じことを言葉を換えて質問されたり、少し時間を置いてから同じ質問が繰り返されることもあった。ふたりの狙いは、発砲時の様子を詳しく把握するとともに、審議会で浩介がどう答えるかを探ることらしかった。

そして、そこには、発砲の妥当性を確認し、警官本人を擁護《ようご》することよりもむしろ、自分たちの部下の中から、誤って発砲した警官を出したくないという気持ちが見え隠れしていた。

「ちょっと待ちたまえ。それはまずいな」

やがて、地域課長の桐原が浩介を制した。

「もう一度、そこを繰り返したまえ」

「はい、自分と岩戸虎大の身を護るために、銃を撃ちながら迫って来る男に対して、『銃を捨てろ』と命じた上で発砲しました」

と述べる浩介を、桐原は両手で押しとどめた。

「そこだよ。それはまずいよ、きみ……。警察官が、一方の暴力団員を守るために発砲したと言うわけにはいかない。そんなこともわからないのかね、坂下君は」

「――――」

「きみは、きみ自身の身を護るために発砲したんだ。もちろん、発砲の前には、きちんと『銃を捨てろ』と警告してる。いいね。咄嗟《とっさ》の場合でも、警告はきちんと発した上で発砲を行なった。それで間違いないね」

「はい、間違いありません……。しかし、岩戸虎大の件は――？」

「そういった点は、審議会でも訊かれはしないさ。だが、もしも訊かれたら、言い方を工夫したまえ。きみは、岩戸虎大を庇《かば》って発砲したわけじゃない。あくまでも、凶器をかざして迫ってくる相手に危険を感じ、被害が周囲の市民に及ぶことも考慮し、それを制するために発砲したんだ。わかるね？」

浩介が「はい」と繰り返すと、桐原は隣の栄田と顔を見合わすことで、栄田に発言の機会を譲った。

浩介たち交番に勤務する警官の直接の担当責任者は、交番長である栄田なのだ。だが、交番長は複数の交番を担当し、数日置きに担当交番を回るため、個々の交番勤務の警官たちとそれほど関係が深いわけではなかった。

「坂下君――」

と、栄田が改めて呼びかけてきた。

「きみの勤務態度については、上司の重森君から良い評価を聞いている。我々は、きみの発砲は何の問題もない適切なものだったと確信しているよ。しかし、警察の上層部は世論の反応に敏感だし、マスコミが何を言い出すかわからない。なにしろ、新宿の繁華街で、あれほど大がかりな発砲事件があったのだからね。だから、本番の審議会での発言には、くれぐれも表現に気をつけるように。わかったね――」

「はい、承知しました――」

「それから、今後のきみの行動にもだよ」

栄田はわざわざそうつけ足し、桐原とともに席を立った。ふたりとも、でっぷりと太っており、上着を着ていてすら、ベルトの左右に余った肉がワイシャツの下で垂《た》れているのが際立っていた。

「あの……、ひとつよろしいでしょうか――」

浩介は、重たそうに体を揺すって出口へと向かうふたりを呼びとめた。

「あの男の名は……、何というのでしょうか……？」

「あの男……？」

栄田がそう尋ね返し、

「はい、自分が撃った男の名前は……？」

浩介が言い直すと、ふたりはちょっと意外そうにして、ちらっと目を見交わした。

「別にそれは知らんが、きみが知る必要はないだろ」

桐原が言い、男の搬送後の経過がどうなっているのかを浩介が訊いても、ふたりとも答えられなかった。

「ま、一本喫《す》え」

重森が、たばこのパックを浩介に差し出した。

浩介は桐原たちと入れ違いで会議室に現われた重森に誘われ、喫煙所にいた。重森は日に五本と決めて、たばこを喫うのだ。その姿に憧《あこが》れた浩介は一時期真似をしてみたが、たばこを美味《うま》いと思えなかったため、いつしかやめていた。

「いただきます――」

だが、重森からこうして勧《すす》めてもらった場合は別だ。ありがたく一本をもらって唇に運ぶと、重森が使い捨てライターで火をつけてくれた。

浩介はあまり深く吸い込まないように注意しつつ喫いながら、隣で美味そうに煙を吐き上げる重森の横顔をそっと窺《うかが》い見た。重森は、自分から特に何か言うでもなく、黙ってたばこを喫っていた。

（………）

ちょっと油断をすると、ツルが息を引き取ったときの姿がまた思い浮かんでしまいそうで、できるだけ今は何も考えたくなかった。重たい疲労に取りつかれているのを感じたが、ひとりになりたくなかった。たばこは、やっぱり少しも美味くなかった。

「今日は、勝手な行動を取ってしまって、申し訳ありませんでした……」

浩介は詫《わ》びた。諸井卓の死体が見つかった現場を離れ、根室圭介とともに勝手な行動を取ってしまったことを、まだきちんと詫びていなかった。

重森は、黙って浩介を見た。もうひと口たばこを喫ってから、

「おまえは、根室のことをどう思う？」

煙を吐きながら、ひょいと投げ出すような口調で訊いてきた。

浩介は、なぜ今そんなことを訊かれるのかわからないまま、一瞬、答えをためらった。破天荒《はてんこう》な主任を陰で詰《なじ》ることは簡単に思えた。実際、根室の行動に対して、藤波や庄司、それに最若手の内藤章助までもが、陰で批判的なことを言うのを耳にしていた。

「身勝手な行動も多いのでしょうが、根室さんの捜査能力や、いざという時の判断力は、後輩として見習うべき点がたくさんあるように思います」

「そうか。そう思うなら、根室圭介のノウハウを盗んで、自分のものにしろ」

「はい……」

「どうした？　今日のことを、改めて叱ってほしいのか？」

答えに詰まる浩介を前に、重森は苦笑したが、その目はどこか遠くを見ているようだった。しばらくそんなふうにしていてから、

「おまえが俺を慕《した》ってくれるのは嬉《うれ》しいさ。だがな、俺は、浩介、融通《ゆうずう》の利《き》かない人間なんだよ」

重森はおもむろに語り始めた。

「――――」

「俺はもうあと数年で定年だ。このまま交番勤務で勤め上げることになるだろう。それは、俺が望んできたことだが、おまえにはおまえの警官としての生き方があるはずだ」

「しかし……、俺の親父も、制服警官一筋で来ました。親父もこのまま、交番勤務で勤め上げるつもりだと思います」

「ああ、親父さんは、俺と同じなんだな。一度お会いして、話してみたいものだ。だがな、おまえ自身は、本当にそれでいいのか？　それがおまえの望む生き方なのか？」

「――――？」

「おまえは花園裏交番に来てから、いくつかの事件を、その裁量で解決した」

「それは、シゲさんや深町さんと一緒だったからです……」

「そうかな。おまえは捜査員になる人間だよ。それは、おまえが自分でわかっているはずだ」

「――――」

「根室が、いつもおまえを巡回に誘うだろ」

「まさか……」

「ああ。あれは、俺が頼んだんだ。そろそろ、俺じゃない人間から、警官としてのイロハを学ぶ時期だと思ってな」

「――――」

「鶴田昌夫のことはショックだったと思う。それに、やむを得ずとはいえ、発砲で人を傷つけたこともだ。しかし、乗り越えるんだぞ、浩介」

「はい……」

浩介は、重森が自分に目をかけてくれることの嬉しさとともに、たまらない寂寥《せきりよう》感に襲われた。

（シゲさんが、定年でいなくなるなんて……）

もちろん、重森の年齢を知ってはいたが、定年で職場を去ってしまうことなど想像できなかった。そもそも、制服警官はだいたい二年から四年ぐらいで新たな交番に異動するので、浩介自身が花園裏交番を出る日も近いはずだが、それすらあまり想像していなかった。考えてみればバカな話だが、このまま今の花園裏交番で、ずっと重森とともに働きつづけていくような気がしていたのだ……。

指に挟んでいたたばこの灰が、すっかり長くなっていることに気づき、浩介は灰皿に灰を落として唇に運んだ。

思いのほか深く煙を肺に入れてしまい、噎《む》せそうになった。

「やはりおまえは、ガムのほうがよかったか？」

重森が、チラッと浩介を見て、冗談めかした口調で言った。

「いえ、そんな……」

無理してもう一口吸ったとき、重森の携帯無線が鳴った。

周囲に市民がいるところでは、必ずイヤフォンを着用して応答するのが決まりだが、ここは警察署内の喫煙所であり、今ここにいるのは浩介と重森だけだ。重森がそのまま応答すると、根室の声が聞こえてきた。

「俺です、根室です。勝手なことをしてすみませんが、諸井卓殺しについて、重要な証拠が出ました。すぐにそちらに映像を送りたいのですが、タブレットは手元にありますか?」

根室は、一気にまくし立てた。叱責《しっせき》を食らう前に、まずは用件を伝えてしまうという、いつも身につけたやり方なのだろう。

重森が苦笑し、

「タブレットは手元にあるよ。そっちは、今、どこなんだ?」

と訊くと、諸井卓が用心棒を務めていた店の一軒に来ているとのことだった。

「岩戸和馬襲撃事件の実行犯に当たる男たちが店のヴィップルームに招かれてるのを諸井さんが目撃した話は、ビッグ・ママか浩介から聞いてますか?」

「ああ、俺も聞いた。それに、浩介は、今ここにいるぞ」

「それならば、話が早い。シゲさん、ふたりとヴィップルームで会ってた男がわかりましたよ。店の防犯カメラに、ばっちり映ってました」

「しかし、ヴィップルーム付近を捉えた防犯カメラはなかったはずでは……」

浩介は、思わず問い返した。

「ああ、俺は諸井さんからそう聞いたんだ。だがな、考えてみたのさ。もしもモロさんが最初から俺を利用したのだとすれば、ほんとのことは言わなかったはずだと。そして、できるだけ手の内を隠そうとしたはずだとな。それで調べてみたら、案の定《あんじょう》だった。モロさんが言ってた店にゃ、確かにヴィップルーム付近を捉えた防犯カメラはなかったし、店長たちに実行犯たちの写真を見せて訊いても何も知らなかったが、もしや、店自体が違うのではないかと閃《ひらめ》いたんだ。同じ社長が経営する系列の店が、新宿にゃもう一軒ある。そっちに行って調べてみたら、大当たりだった。店長が、モロさんから口止めされていたことを白状し、防犯カメラの映像を見せてくれた。そこに、ばっちり映ってましたよ。タブレットに送りますので、見てください」

根室が途中から敬語を交えて言い、重森がタブレットを操作する。

浩介は、その手元を横から覗《のぞ》き込み、

「これは……」

思わずつぶやきを漏らした。

「黒木亮二の運転手として、葬儀場に来ていた男だな」

重森が、押し殺したような声を出す。

ヴィップルームのテーブルを実行犯ふたりとともに囲んで坐っているのは、案外と女性的な顔立ちで、子犬のような黒目が印象的な男だった。年齢は三十前後だろうが、童顔のためにもう少し若く見える。間違いない。黒木亮二の車を運転していたのは、この男だ。

「身元は調べたのか？」

「はい。すぐにデータベースで当たりましたよ。フルネームは勝呂隆《すぐろたかし》。年齢三十。過去に、暴行事件で二度喰らってます。黒木はボディーガード兼秘書として、常時、三、四人の男を雇っているらしくて、その中のひとりです。新宿進出に際して連れて来たのですから、信頼を置いている部下ということでしょう」

根室はそこでいったん言葉を切り、

「シゲさん、黒木亮二がこの勝呂隆を使って実行犯ふたりを雇い、岩戸和馬を襲撃して殺したんですよ」

と結論づけた。

「この映像が、動かぬ証拠になります。勝呂をパクり、吐かせましょう。仁英会の会食を狙って襲わせたのだって、黒木が裏で糸を引いていたのかもしれない。野郎はきっと、陰であれこれ暗躍してるんです」

「まあ、そうあわてるな。仁英会の会食を襲ったふたりについては、まだ背後関係が不明なままだし、岩戸和馬襲撃の件についても、この状況で勝呂をパクったところで、おいそれとは自白しないだろう――」

「それはそうですが……」

根室をなだめ、考え込む重森を見ていた浩介の脳裏を閃きが走った。

「岩戸虎大に聴取したらどうでしょう？」

重森が訊く。

「岩戸虎大に――？」

「はい。岩戸虎大は、兄の仇討《あだう》ちで嘉多山哲鉉を狙いましたが、岩戸和馬を襲撃させたのが黒木亮二だとすれば、虎大の判断は完全に間違っていたことになります。しかも、襲撃に失敗し、駆けつけて来た嘉多山の部下たちによって返り討ちに遭《あ》いました。自分は、逃走用の車の運転席にいた男が、撃たれて電柱に突っ込んだのを救ったとき、『裏切られた……』と口走るのを聞いたんです。あの言葉の意味をずっと考えていたのですが、誰かが岩戸虎大に対して、嘉多山哲鉉こそが兄の仇《かたき》だと思い込ませ、襲撃を唆《そそのか》したのではないでしょうか。その上で、襲撃直前になって裏切り、これから襲撃があることを嘉多山に一報したんです」

「なるほど、それが黒木亮二だというんだな」

「はい、証拠はありませんが、起こったことをつなげて考えてみると、そう推測できるのではないかと――」

「おい、浩介。おまえ、いい線行ってるぞ！」

無線の向こうで、根室が大きな声を上げた。

「今夜の岩戸虎大の襲撃事件によって、仁英会も嘉多山興業も大打撃を被《こうむ》った。仁英会は虎大の逮捕に関連して、会長の今岡まで芋《いも》づる式で挙げられる可能性があるし、つい先日、嘉多山哲鉉と今岡譲の間で固めの盃を交わす宣言をして、長男の和馬の葬式を大々的に行なったばかりなのだから、この襲撃で間違いなく総スカンを喰らうはずだ。一方、嘉多山興業のほうだって、今夜の襲撃事件によって嘉多山哲鉉まで逮捕される可能性があるし、資金洗浄《マネー・ロンダリング》やいくつかの金融犯罪に関わっていた筧正司との関係が明るみに出れば、この先、貴重なシノギをいくつも失うだろう。つまり、仁英会も嘉多山興業も大打撃を被るわけで、それは新宿への進出を狙う黒木にとって、漁夫の利を得る絶好のチャンスとなる。――こりゃあ、シゲさん、黒木が全部、絵を描いたんですよ。そうに決まってる。そして、野郎は新宿の他の組にも自分の存在感を見せつけるつもりで、岩戸和馬の葬式に乗り込んできたんだ」

「しかし、裏切られたことに気づいた岩戸虎大は、今ならば知っていることを洗いざらい話すかもしれないな……」

重森が独《ひと》りごちるように言い、

「ええ、そうですよ。やつはどっちにしろムショ送りだし、自分をはめた黒木のことを道連れにしたいはずです」

根室がそう意見を述べた。

「よし、俺から深町に連絡を入れる。彼女は今、岩戸虎大が搬送された病院で、治療が終わって事情聴取ができるようになるのを待っているはずだ」

3

新宿中央病院は救急指定病院であり、立地が新宿駅と大久保駅の間のきわめて繁華街に近い場所だということもあって、何か事件が起こった場合の緊急搬送先になることが多い。浩介たち新宿を管轄とする警察官にとっては、馴染《なじ》み深い場所だった。

診察時間はとっくに終わり、正面玄関は閉まっている。途中で根室をピックアップし、救急搬送用の出入り口に乗りつけた浩介たちの三人を、深町しのぶが待っていた。

「忙しいところを、悪いな」

「いいえ、情報、助かりました。医者から許しが出ましたので、今から岩戸虎大への聴取を始めますが、私のほうでもわかったことがあります。今日の襲撃の直前に、嘉多山哲鉉の携帯に、発信者非通知の電話が入っていました。その後、嘉多山がすぐ組の幹部のひとりに連絡を取ってるんです」

「やはり、何者かが襲撃の直前になって、岩戸虎大たちの動きを嘉多山に報《しら》せたわけだな」

「ええ、それも、嘉多山たちが逃げる余裕などないぎりぎりのタイミングになってからです。それで嘉多山哲鉉と筧正司のふたりは、三階の奥の部屋に隠れたんです。つまり、電話をかけた人間の狙いは、岩戸虎大と嘉多山哲鉉のふたりをかち合わせることだったと見て間違いないでしょう」

「裏が取れましたね」

根室が言った。

「問題は、その電話の主が誰なのかってことだが、使用したのはどうせ無登録の違法携帯だろうし、嘉多山哲鉉は証言しないだろうな」

「ええ。証言すれば、武装して駆けつけた男たちを自分が呼んだのも認めることになりますから、現状では何も話さないでしょう」

「タイミングを見計らっていたとなると、現場付近に、黒木の手先がいたんじゃないか？」

根室がそう意見を述べる。

「私のほうでもそう踏んで、付近の聞き込みを徹底し、防犯カメラの映像も洗ってるところよ。いずれにしろ、岩戸虎大が返り討ちに遭っても死ななかったことが、大きな計算違いでしょ。浩介、身を挺《てい》して虎大を護ったあなたのお手柄よ。さあ、虎大に聴取しましょう」

しのぶが言い、先頭に立って歩き始めた。

廊下を進んだ四人が、ＥＩＣＵ（救命救急ＩＣＵ）エリアに差しかかったときのことだった。

エリアの入り口付近に陣取り、大騒ぎをしている中年女性に出くわした。

浩介にとっては見覚えのある女が、やはり見覚えのある中学生と小学生の子供たちを全部で三人引き連れ、制服警官を相手に大声で喚《わめ》いていた。

「ちょっとでいいんだから、固いことを言わないで会わせなさいよ。うちの亭主は、逃げも隠れもしないわよ。ただ、子供たちの顔を、ほんのちょっと見せたいだけじゃないのさ」

女は岩戸虎大の妻で、盛んにそう怒鳴《どな》り散らしているところだった。

中学生らしき息子は、学校帰りに直接やって来たためか、それとも母親が敢《あ》えて制服姿の我が子をお披露目《ひろめ》する意図でもあるのか、この間と同じブレザーの制服姿だった。あのときはそこまではわからなかったが、その制服の校章が有名な私立中学のものであることに浩介は気がついた。制服警官を大声で怒鳴りつける母親を前に、戸惑《とまど》いを隠しきれない様子の息子の横で、下の子たちふたりのほうは、すっかり怯《おび》え切った顔をしていた。

「ちょっと待っててください」

しのぶは重森に言い置き、ひとりで彼女に近づいた。そして、このまま騒ぎつづけるようならば、警察まで来てもらう、といったようなことを告げたらしかった。

「私に何の罪があるのさ。そんな横暴が許されるの⁉」

虎大の妻は再び声を荒らげたが、しのぶからさらに何か言われると、案外と素直にその場を離れ、子供たちを連れて廊下を浩介のほうに歩いて来た。

浩介は彼女と目が合ってしまい、ドキッとして顔を逸らした。先日、白木直次の店で会ったことを思い出して何か声をかけてくるのではないかと思いヒヤッとしたのだが、彼女はただそそくさと通り過ぎた。何年もの間、ヤクザの妻をやっているのだから、騒ぎ立ててもどうにもならないことはわかっているはずで、子供を連れて来て騒いだことが夫の耳に伝わるのを期待しただけかもしれない。

子供を連れて遠ざかる彼女の後ろ姿を見送った浩介は、急に中央処置室のエリア内が騒がしくなったことに気づいてふり返った。ナースステーションから、複数の医師や看護師があわてて飛び出して行くのが見えた。

「何かあったらしいな……」

根室がつぶやくように言ったとき、しのぶの携帯が振動した。

「なんですって……。そんなバカな……。だって、医者は、話ができると……」

しのぶは訊き返しかけたが、

「わかった。すぐにそっちに行く」

言い直して電話を仕舞った。

「岩戸虎大が心肺停止だそうです」

顔が緊張で青ざめている。

「救急処置室はどこだ」

根室が言い、しのぶが先に立って走り出した。

「ねえ、何があったの？　うちの人に何かあったの？」

何かただならぬ気配を感じたのだろう、廊下を引き返して来た虎大の妻がそう尋ねてきたが、誰も立ちどまらずに奥を目指す。浩介がチラッと振り返ると、あとを追って救急処置エリアに入ろうとする彼女を、警備の警官たちが抱きつくようにしてとめていた。

「くそ、いったい何があったんだ？」

「わからないわ……。心臓発作なのか、体内のどこかに見落とされた傷があったのか……」

根室としのぶが、先を急ぎながら、低い声でそんな言葉を交わし合うのが聞こえた。浩介が自分の横を小走りで進む重森に視線を投げると、重森もさすがに顔を強張《こわば》らせていた。

救急処置エリアでは、ブースのひとつを看護師が忙《せわ》しなく出入りしており、警官たちがそれを遠巻きにしていた。あそこが岩戸虎大が治療を受けているブースにちがいない。

浩介は、ふっと立ちどまった。風のない場所で、わずかな風の動きを感じたときのように、何かの気配が体を過ぎていった。

自分でも理由がわからないまま、浩介は周囲を見回した。救急処置エリアは多くの急患に対応するため、フロアの真ん中にナースステーションがあり、その周囲の壁際を治療用のブースが埋めて囲んでいる。全体に、大きな卵形をした空間だった。

ナースステーションの向こう側を、せかせかと足早に遠ざかる白衣姿の男が浩介の目を引いた。誰もが岩戸虎大のブースに注意を払う中、ただひとり、反対方向へと急ぎ足で遠ざかる姿が気になったのか……。

いや……、そうではなく、ただの勘というしかないものだったのかもしれない……。自分自身でさえ理由がわからないまま、浩介は男を凝視した。こざっぱりと髪を刈り上げた男だった。それほど大柄ではないが、両肩の筋肉がかなりしっかりしていることが、白衣の上からでも窺えた。

浩介はブースを取り巻く警官たちの間を縫い、男のほうへと歩みを進めた。

一心に先を急ぐ男が、背後を振り向いて様子を窺った。

視線を感じたのかもしれない、チラッと浩介に顔を向けた。

目が合い、浩介の背中にぞくっと悪寒《おかん》に似たものが走った。

（あの男……）

間違いない……。

山田富美子の隣家の車載カメラに映っていた男だった。そこで美容院の様子を窺い、その後、諸井卓と連れ立って歩く姿も映っていた。

「どうした、浩介――？」

重森の声が追って来たが、後ろを振り向く余裕はなかった。

「あの男です！　諸井さんと一緒に歩くのが映っていた、あの男です‼」

そう告げたときには、浩介はもう走り出していた。

だが、男もまたナースステーションの向こう側を駆け出していた。前方にいた看護師を押しのけ、一目散《いちもくさん》に逃げていく。

「どいてください。前を空けて！　やつが犯人です‼」

浩介は、大声を上げた。

男が、救急処置エリアの先の廊下へと姿を消す。

（くそ、逃がすものか！）

壁際に寄ってスペースを空けてくれている看護師たちの前を通り、浩介もその廊下に駆け込んだ。

廊下は大して長さがなく、すぐ先が広い待ち合いロビーに通じていた。一般の診療時間が終わり、天井灯が消えていて薄暗いロビーを、男が横切って駆けていく。

ロビーの向こう側は全体がガラス壁で、そのガラスの先には、病院正面のタクシー乗り場やバス乗り場を含む車寄せが見えた。

ガラス壁の真ん中辺りに自動の大きな回転ドアがあるが、それはこの時刻には使われておらず、回転ドアの横のガラス扉付近に制服姿の警備員が立っていた。

かなり年配の警備員は、すごい勢いで走って来る男を茫然《ぼうぜん》と見つめていた。立つ位置をずらしてガラス扉の正面へと動いたのは、男の行く手を遮《さえぎ》るつもりだったのか、それとも、ただの無意識の動きだったか……。

前を走る男が、白衣の下から何かを引っ張り出すのが見えた。右手を一度後ろに大きく引き、勢いをつけて振り回した。

「危ない！　危ないから、どいて!!」

浩介は夢中で声を上げた。

警備員は驚きと恐れに目を剝《む》き、我が身を庇って顔の前に右腕を上げた。

その腕を狙い、男が物凄い勢いで武器を振り下ろすと乾いた嫌な音がし、警備員の右手がおかしな方向を向いた。

ぶらぶらになった腕を押さえて悲鳴を上げる警備員を押しのけ、男はガラス扉に手をかけた。取っ手の上のロックレバーを回す。

（くそ！　あんなことをしやがって‼）

「この野郎！」

浩介は怒りで男に突進したが、男が振り向きざまに振った武器が、

——ブン！

と音を立てて鼻先をかすめた。

砂を詰めた革製の袋をふたつ、頑丈《がんじよう》な鎖でつないだブラックジャックだ。その片方を持って振り回すと、遠心力で勢いがつき、素手で殴《なぐ》った場合の数倍の威力がある。

浩介は特殊警棒を抜いた。男が再び振り回して来るブラックジャックをかろうじて避けたあと、その鎖部分を狙って警棒を突き出し、巻き込む形で撥《は》ね上げた。勢いを殺しきれず、警棒も一緒に撥ね飛んでしまったが、浩介はそのまま男に組みついた。

だが、相手の体の抵抗が消えたと感じた瞬間、ふわっと体が浮き、そのまま床に叩きつけられていた。辛《かろ》うじて受け身を取ったものの、腰骨にびいんと痛みが走る。

ガラス扉へ走ろうとする男の足を捕らえ、浩介は必死でしがみついた。バランスを崩し

た男の舌打ちが聞こえ、頭部に強烈な打撃を食らった。引き剥《は》がされ、後ろに押され、一瞬がら空きになった下顎《したあご》を蹴りつけられた。

仰《の》け反《ぞ》るようにして背後に倒れた浩介を残し、男はガラス扉を開けて表へ逃げた。

(ちきしょう……。絶対に捕まえてやる……)

体のあちこちが痛むのを堪《こら》えて立った浩介は、ロビーをこちらに駆けて来る重森と根室に気がついた。そのすぐ後ろに、深町しのぶもいる。

「待て！」

浩介がガラス扉から表へ飛び出したときには、男は車寄せを横切り、表門を目指していた。

新宿中央病院は新宿と大久保の間にあり、歌舞伎町の繁華街と接している。中心部ほどの賑わいはないが、病院に面したビルにも飲食店が並び、夜のとばりが降りた今は、大勢の通行人で賑わっていた。

くそ、人ごみに紛れ込まれたら、厄介だ……。浩介は必死で走る速度を上げたが、男は病院の表門を抜け、通りを右に逃走した。白衣を脱ぎ棄《す》て、すごい勢いで走っていく。

「大丈夫か、浩介──。あとは任せろ！　絶対にとっ捕まえてやる！」

男に遅れて表門から走り出た浩介に追いついて来た根室が言い、その少し後ろでは重森が無線を操作し、容疑者の逃走方向を告げた。

そのときだった……。

ビルの陰から黒い塊が現われたかと思うと、ちょうど十字路に差しかかった男に向かって突っ込んだ。バイクだった。

大型バイクは、街中にあるまじきスピードを出しており、男は身をよけることができなかった。

どん――。

と硬いものが肉を打つ衝撃音がし、男の体が宙に舞った。意思のないボロ雑巾《ぞうきん》のように無力に宙を飛び、その後、何度か地面を滑りながら回転し、捩《よじ》れ、跳ね、路上駐車された車の後部へと突っ込んだ。

浩介は、茫然として立ちすくんだ。

根室も、重森も、そして、しのぶや他の警官たちも、自分が立つ場所から足を踏み出せないまま、茫然と男のことを見つめた。

「俺のせいじゃない……。そいつが、いきなり飛び出して来るから……。俺のせいじゃないよ……。あんなの、どうやってよけられるんだ……」

衝突のショックでみずからも横転し、よろよろと立ったバイク乗りの男が、かすれ声でつぶやいた。誰も何も反応してくれないことに戸惑い、警官たちを眺め回した。

「――」

はっと我に返ったしのぶの指示で、警官たちの数名がバイク乗りの男を拘束《こうそく》する。重森が再び無線を操作しかけてやめ、判断を仰《あお》ぐ視線をしのぶへと向けた。この場を仕切る権限は、捜査係の班長である深町しのぶにある。救急隊員を呼ぶか、監察医と鑑識を呼ぶかを決めねばならない。

車の後部は男が衝突したショックでバンパーが歪み、車体も大きく凹《へこ》んでいる。その足下に、首を不格好に折り曲げた男が横たわっていた。

男は首の骨を折っただけではなく、頭蓋骨も陥没して、頭部の形も大きく変形させていた。

「指紋から身元が割れました。芝木義孝《しばきよしたか》、三十八歳。二十代の頃に暴行事件で食らい込んでいます。その当時は、上野界隈を縄張りにする暴力団の構成員でしたが、出所後は関係が認められません。念のため、当時、芝木が属していた暴力団に捜査員が向かいましたが、おそらく、出所後は、フリーランスで仕事を請け負っていたものと思われます」

部下たちとしばらくやりとりをしていた深町しのぶが、浩介たちのところへ戻って来て、主に重森に向かって報告した。

「フリーの殺し屋ってことか――」

押し殺した声で、根室が言う。

「でしょうね。河西晋一と諸井卓、そして、岩戸虎大と――、雇い主のために、都合の悪い人間たちの口を塞いで回ったのよ」
「現状から見て、雇い主は九分九厘《くぶくりん》、黒木亮二だろうな」
「でも、問題は、芝木義孝がこうして死んでしまった今、それを証明できるかってことよ
……」
　しのぶもまた、ちょっと前に根室がしたのと同様に、ブルーシートで覆われている芝木
の死体のほうへと視線を投げた。
　浩介は、彼女の横顔を盗み見た。眉間《みけん》に深くしわを寄せた横顔が、眼前に立ち塞がる状
況の深刻さを窺わせたが、そんなことでめげる人ではなかった。
「それじゃあ、私は捜査に戻ります」
　昔の上司である重森に告げて行きかけ、足をとめた。
　四谷中央署地域課長の桐原と交番長の栄田が、パトカーで乗りつけ、足早に近づいて来
ようとしていた。ふたりは道を譲るしのぶに一瞥《いちべつ》もくれずに素通りし、浩介たちの前に立
った。そろって不機嫌そうな顔つきをしており、しかも、浩介のことを睨んでいる。
　だが、怒りの矛先《ほこさき》は、まずは重森に向けられた。
「重森君、彼をここに連れて来たのは、きみなのか？　困るよ、常識を働かせて判断して
くれなくては――。彼の行なった発砲について、我々で聴取を済ませたばかりじゃない

か。そして、日を改めてすぐに審議会なんだよ」

桐原が言った。

「はあ……」

さすがの重森もどう応じればいいのか迷ったようで、ただ曖昧《あいまい》に応じたが、

「自分が頼んで、連れて来てもらったんです――」

そう言いかける浩介を、手で制した。

「責任は自分にあります。しかし、捜査の一貫として来たのですが、何が問題なのでしょうか？」

「しかしね、坂下君は今度は容疑者を追跡した結果、殺してしまったじゃないか」

「――――」

「いや、殺したというのは、口が滑ったが、事故を引き起こし、大事な容疑者を死なせてしまったのではないのかね」

「お言葉ですが、事故が起こったのは、バイクが無茶なスピードで突っ込んで来たためです。坂下に責任はないと思いますし、たとえ追っていたのが坂下でなかったとしても、避けられなかった事故ではないでしょうか」

その場に残っていた深町しのぶが、わざわざ何歩か戻って来てそう意見を述べるのを、桐原と栄田のふたりは不快そうに聞いた。

「それに、容疑者の芝木を追ったのは、何も坂下ひとりではありませんよ。俺たちだって、すぐ後ろにいました」

すぐあとを追って根室が抗弁すると、ふたりはもう不機嫌さを隠そうとはしなかった。

「ということは、きみも同罪か」

元々、大久保署から厄介者を押しつけられたという意識があるためだろう、桐原が根室に吐きつけるように言い、

「どうやら、きみたちは、まだこれを観《み》ていないようだね――」

栄田が、スマホを操作して浩介たちのほうに突きつけた。

そこに表示された動画を目にして、浩介は言葉をなくした。そこには、病院の表門から駆け出して来る芝木と、それに少し遅れて芝木を負う浩介が映っていた。芝木が、病院の正面の道を走って逃げて行く。病院の外周を囲う柵の外れの十字路に差しかかったとき、ビルの陰から飛び出してきたバイクが、芝木の体を撥ね上げた。

事故の様子を再び目《ま》の当たりにすることで胸の鼓動が速まり、浩介は口で息をした。見えない拳《こぶし》で、鳩尾《みぞおち》の辺りを殴りつけられたような気がしていた。

「誰か一般人が撮影し、ネットに上げたんですね？」

重森が訊く。

芝木がバイクに撥ねられる少し前には、根室が浩介に追いついていたが、この動画を見

る限りでは浩介が先頭切って芝木を追い、その結果として芝木がバイクに撥ねられたように見える。

「こういう時代なんだ。だから、我々警官は慎重に行動しなければならないと、いつでも言って聞かせているだろ」

栄田が冷ややかに告げた。

「冗談じゃない！　やつは岩戸虎大を殺したホシですよ。あとを追って当然だし、警官ならば誰でもそうします。その行動の何が問題だと言うんです⁉」

根室が食ってかかり、

「そんなことは、一々言われなくてもわかっているよ。しかしだね、容疑者を死なせてしまっては、何にもならないだろうが⁉　そうした発言は、きちんと捕えてからにしたまえ！」

栄田が怒りに顔を紅潮させて怒鳴り返したとき、一台……、また一台と、携帯電話が鳴り始めた。

桐原と栄田が携帯を取り出し、通話ボタンをを押して耳元へ運ぶ。それに少し遅れてしのぶと重森もまた、それぞれの携帯に応答した。

「わかった」「わかりました」「了解です」等……、四人とも似たような言葉を口にしただけで、通話はほんの短く終わった。

何かの報告が入ったのだ。緊急の報告が……。

同じ用件の電話だと気づいたのだろう、四人とも通話の途中からちらちらと目を見交わしたのち、通話を終えたあとにもまたそうした。

結局、重森が口を開いた。

「駒繁勇也《こましげゆうや》が亡くなったぞ――」

浩介を見て、いつもの静かな口調で告げたが、

（……………）

浩介には、何を言われたのかわからなかった。

浩介の反応から、名前を告げただけでは通じなかったと悟った重森が、少ししてこう言い直した。

「おまえがあの襲撃現場で、発砲した相手だ」

決着

1

鶴田昌夫の通夜と葬儀は、マリの手配により、新宿御苑に近い斎場で行なわれた。彼女の頼みで浩介が調べた結果、ツルの父親が見つかった。ツルはマリには、父親は死んだと言っていたが、それは嘘で服役中だった。

その先は、重森が手伝ってくれた。浩介と一緒に刑務所へ面会に出向き、息子の死を告げ、通夜や告別式を執り行なうことと、ツルの遺骨を故郷の寺に埋葬することの許可を求めた。

似た面差《おもざ》しのある父親は、ツルとは違って小柄だったが、筋骨隆々《きんこつりゅうりゅう》とした男だった。長い刑務所暮らしで身についたものなのか、簡単には心を開かない頑《かたく》なさを感じさせたが、息子の死を知ったときには、うつむき、奥歯を噛《か》み締め、悲しみや後悔に堪《た》えている様子が窺《うかが》えた。

そうする顔つきが、ツルとそっくりだった。

どんな状況で、どんなふうに死んだのかを訊《き》かれた。

重森につき添ってもらった理由の半分以上は、こうした質問を受けた場合に助けてほしいからだった。父親は、浩介たちふたりの話を黙って聞いただけで、それ以上は何も尋ねようとはしなかった。

「馬鹿者が……」

ただ、小声でそうつぶやいたあと、

「俺が家長《かちょう》だ。てめえの息子を墓に入れるのに、誰も迷惑だとは言わせねえよ」

声の震えを抑えて言った。

斎場の部屋は、かなり広かった。焼香に訪れる弔問客が浩介たち以外には皆無《かいむ》の状況では、広すぎた。

「あの子、飲み屋ではすっかり人気者だったのよ。世の中の常識と無関係に暮らしてる飲み友達だってたくさんいたから、そういう人たちはきっとみんな、お線香を上げに来てくれるはず」

マリはそう言い張ったし、そういった一般の弔問客が仁英会の構成員たちと鉢合わせて怖がらないよう、焼香後の食事の場所を分ける配慮までしたが、結局、無駄になってしまった。「飲み友達」も、仁英会のメンバーも、誰ひとり姿を見せようとはしなかった。

マリには報《しら》せていなかったが、仁英会では警察の手前、今度の襲撃に関わった者の通夜や葬儀には、組の関係者の出席を禁じたらしいとの噂があった。主犯である岩戸虎大の葬儀が、今日、別の場所で行なわれていたが、それさえ身内のみらしかった。

しかし、重森班のメンバーは、重森と浩介以外にも、根室圭介、藤波新一郎、庄司肇ら全員が駆けつけ、受付は最若手の内藤章助が務めていた。

用意してしまった食事をどうするかということや、明日の葬儀の「お斎《とき》」の食事は数を減らしたほうがいいだろうかということなどを、浩介とマリは顔を突き合わせて相談し、

「ありがとう……。でも、なんだか変な感じ……。あの子が、おまわりさんたちだけに見送られるなんて……」

マリが小声でそんなことを言った。

「余ったら、持って帰って、お店でお客さんに出しちゃいましょうよ。冬なんだから、火を通し直せば大丈夫よ。あまりくどくど考えたってしょうがないわ」

ツルの「友人」として唯一《ゆいいつ》出席した早苗が言って笑い、

「今夜の夜勤の当番に持って行ってやるか」

やりとりに気づいた根室がそれに同調した。

内藤章助の声がして受付のほうを見ると、かつて花園裏交番で主任だった山口勉が立っていた。

「ヤマさん――」

山口は自分に集まる視線に照れ臭そうにしつつ、受付の章助に香典を渡した。

「御無沙汰《ごぶさた》しています」

重森に挨拶《あいさつ》し、併《あわ》せて根室に引き合わされてから、マリに近づき、

「今回は、残念だったね……」

と優しい言葉をかけた。浩介は、この山口に半ば強引に引っ張って行かれて、初めて《ふたり庵》のドアを潜《くぐ》ったのだ。

「満更《まんざら》、知らない仲じゃないんでな……。俺もあの男を逮捕したひとりだし……。明日はシフトの関係で来られないので、お通夜に参列させてもらうことにしたよ」

山口は最後に浩介のところに寄って来ると、そんなふうに言い、

「おまえも、色々あったようだな――」

さらには、そう声をかけて来た。

現在、浩介は、「内勤扱い」になっていた。審議会は既《すで》に開かれ、二丁目のあの襲撃現場に於ける発砲とともに、新宿中央病院の表で浩介の追跡中の犯人がバイクに撥《は》ねられて死亡したことの妥当《だとう》性も審議されたが、その後、未だに結論が出ていなかった。

他でもなくそれは、審議会に関わった人間たちが、「世論の動向」とやらを注視し、立てつづけに審議の対象となるような行動を取った警官にどう対処すべきかを決めかねているためだった。

あの事件後、芝木義孝がバイクに撥ねられて宙を舞う動画がワイドショーなどで取り上げられ、「警察官の追跡に無理はなかったのか……」といったようなテーマで、有識者と呼ばれる人間たちが、無責任な意見を述べ立てていた。

死亡したのが、病院で暴力団の幹部を殺害したプロの殺し屋だとみなされる点と、この芝木を先頭切って追跡したのが、同日に起こった新宿二丁目の事件現場で、暴力団員に発砲して死なせた警察官である点とが取り沙汰され、本来は同じ土俵で語ることではないはずのふたつが同じ天秤《てんびん》にかけられた末に、警察の捜査に行き過ぎはなかったのか、といったことが論じられていたのだ。

「気にする必要はないからな」

と、これまでに何人かの同僚たちから言われ、そのたびに浩介は傷口に塩を塗られる気分になっていた。

だが、山口は、それ以上は何も言わなかった。

別室に控えてもらっていた僧侶が斎場のスタッフの案内でやって来て、全員が着席した。

読経が始まる間際《まぎわ》になって、深町しのぶが姿を現わした。目顔《めがお》で一通り挨拶をし、隅の席にそっと腰を下ろした。

捜査には、進展は見られなかった。岩戸和馬を襲った実行犯ふたりと会っていたことが判明した勝呂隆は、重要参考人として警察に呼ばれたが、何の目的で会ったのかを頑として喋《しゃべ》らず、弁護士の手で釈放されていた。

黒木亮二については連行する材料すら見つからず、事情聴取を済ませただけで、何事もなかったかのように関西に引き揚《あ》げてしまっていた。

だが、黒木が引き揚げたことで、関西の勢力が新宿進出を延期、もしくは断念したというのは、甘過ぎる見方というしかなかった。

嘉多山興業の嘉多山哲鉉と筧正司は、岩戸虎大、鶴田昌夫らの襲撃犯を「返り討ち」にした過剰防衛の共同正犯とみなされ逮捕された。

一方、仁英会の今岡譲のほうは、岩戸虎大が襲撃前にみずから仁英会に「絶縁状」を突きつけていたことが判明し、現在のところ逮捕こそ逃《のが》れていたが、時間の問題とする見方が強かった。そもそも嘉多山興業と仁英会の手打ちの約束を仁英会の側から破ったことは明白で、組としての信用を完全に失墜《しっつい》してしまっていた。

嘉多山興業、仁英会とも、いつ解散してもおかしくない状況であり、このふたつが消滅、もしくは弱体化した新宿を、黒木亮二の背後にいる関西の組織が虎視眈々《こしたんたん》と狙っているはずなのだ。

「さあさ、向こうでひと休みしてくださいな」

焼香と読経が終わると、早苗が花園裏交番の面々と深町しのぶとを別室にいざなった。

自然に仕切り役が身についた彼女が先頭に立って部屋を出かかったが、出口でふっと足をとめた。

西沖達哉を引き連れた岩戸兵衛が、そこに立っていた。

「すまない。自分のところの葬儀が終わってから駆けつけたので、遅くなってしまった――」

岩戸兵衛は一同に視線を巡らせたあと、結局、マリを見てそう説明した。岩戸も西沖も喪服姿だった。

西沖達哉が、袱紗《ふくさ》に包んだ香典袋を受付に出した。香典は、岩戸のものと西沖のものと二封あった。

「御焼香をさせていただきたいのだが」

と言う岩戸兵衛を、マリが祭壇へと案内した。重森の目配せを受けた根室、山口、庄司、藤波、内藤の五人は早苗とともに別室に移り、浩介の他、重森としのぶ、それにマリの四人がその場に残って焼香する岩戸と西沖を見守った。

祭壇の正面に置かれた柩は、顔のところの小窓が開いていて、死化粧を施《ほどこ》してもらったツルと対面できるようになっていた。

岩戸と西沖が順に焼香を済ませたのち、西沖はそのままそこから動かなかった。

「しばらく、ふたりきりにしてくれないか」

と頼む西沖を残し、浩介たちも部屋を出ることにした。

一番最後に部屋を出かかった浩介は、足をとめて祭壇のほうを振り向いた。西沖は柩の隣に立ち、じっとツルの顔を見つめていた。背中を向けているため、どんな表情をしているのかを窺い見ることはできなかった。

「坂下さん、ちょっと話があるんだが、今、いいかね」

岩戸兵衛にそう声をかけられたとき、浩介はそれを予期していたような気がした。

2

鶴田昌夫の通夜は、ビルの五階の斎場で営《いとな》まれていた。浩介は、岩戸兵衛についてエレヴェーターで一階へ下りた。

「あそこらに坐《すわ》ろう」

岩戸に促され、ロビーの端に設《しつら》えられた長椅子《ながいす》に並んで坐った。

向かいはガラス壁で、そのガラスの向こうには数台が並んで置ける駐車場があった。浩介は、そこに白い物がチラつき始めていることに気がついた。

「冷えると思ったら、降って来たな」

岩戸兵衛は、目をしょぼつかせて雪を見つめた。

「次男のときも雪だったが、三男を送るときもまた降ったか……」

「――――」

「例の物を預けっぱなしにしてしまい、申し訳なかったが、あとで西沖に渡してくれ」

顔を浩介のほうには向けず雪を眺めたまま、ひょいと投げ出すように言った。

「西沖さんにですか……」

「ああ。もう、それでよくなった。仁英会は、店仕舞いだ」

「――――」

「嘉多山興業との間で手打ちを行ない、もう抗争はしないことを、警察にも他の組織にも約束した上で次男の和馬の葬儀を行なったんだぞ。それなのにその舌の根も乾かないうちに、弟が襲撃事件を起こしちまった。組織として、このままじゃあケジメがつかないだろ」

「それじゃあ……」

「ああ、もう終わりだよ」

「現会長の今岡譲も、同じ考えなんですか？」

「これは、あの男から言って来た話だ。俺よりもむしろ、現在、組を束ねているあの男のところに、色々な苦情を言って来る者が多いのさ。それにな、たとえ今岡が反対したとしても、やつを会長の座に据えたのは俺だよ。俺が終わりにすると言ったら、終わりなんだ。虎大の葬儀を終えた本日づけで、組は仕舞いさ」

（噂は、本当だったのだ……）

仁英会が組を閉じるかもしれないといった噂や憶測は耳にしていたが、こうして岩戸兵衛本人から聞かされると、やはり驚きが押し寄せた。

（しかし、それならば西沖達哉は……）

浩介の心の動きを読んだのか、岩戸兵衛は苦笑した。

「おのずと、西沖ももう仁英会の一員じゃあなくなる。組がなくなっちまうんだからな。坂下さん、あんたの望む通りになるってことさ。だから、やつの今後を見守ってやってくれ」

「――――」

西沖達哉が、カタギに戻る。

元のような暮らしに戻るのだ。

しかし……。

ヤクザだった男が十年以上の時を隔《へだ》てて、本当に元に戻れるのだろうか……。

——そう自問する浩介の隣で、岩戸兵衛は相変わらずぼんやりと雪を眺めていたが、

「ほんとはな、こんなに長く一緒にいるとは思わなかった。どこかで殺してしまうつもりだったのさ」

やはり、ひょいと投げ出すように言った。

「西沖さんを、ですか……」

「そうさ。あいつの話をしてるんだぜ。直次の店じゃ、話が途中で終わってしまって悪かった」

「八神桐子というのは、国会議員の息子に乱暴された女性ですか？」

浩介が訊くと、岩戸兵衛は鋭い目で睨《にら》んで来た。

「まさか、八神桐子に会ったのか……？」

「いいえ、父から聞きました。父は、故郷の町で警官をやっています。彼女が暴行されたとき、通報で駆けつけたのが父でした」

「そうか……」

岩戸兵衛は驚きに目をしばたたいたのち、微笑《ほほえ》んだ。

「やはり、あんたと西沖の間には、何か運命的なものがあるのかもしれんな……。そうしたら、八神桐子の弟がしでかしたことについても聞いたのかね？」

「ええ、国会議員の選挙事務所の駐車場で、姉に暴行した息子を刺殺したと聞きました。それから、その弟は、地元の暴力団の準構成員だったとも——。しかし、父が警察官として知っているのは、そこまででした」

「そうか……。そうしたら、そのつづきを俺から話そう。彼女の弟が属していた組は、その国会議員に世話になっていたのさ。地方では、よくある話だ。地元出身のヴェテラン国会議員というのは、その地域を牛耳《ぎゅうじ》っている。表も裏もな。これは俺の想像というか、感想だがな、息子が殺されたことよりも、犯行場所が選挙事務所の前であり、そのことによって父親が選挙区で落選しちまったことが問題だったんだ。比例代表で復活したが、地元の選挙区で落選した議員ってのは、発言力が大幅に低下してしまう。それで損をする人間たちが、表の社会にも裏の社会にも、山ほど出た。そうなれば、普通は逮捕なんかじゃ収まらない。逮捕されても、その後、刑務所で不審な死を遂《と》げるのが普通さ。それなのに、八神桐子の弟は自首し、きちんと裁判を受け、服役し、服役中にガンが見つかって亡くなった。こんな言い方をあんたは嫌うかもしれんが、あり得ないほど恵まれてるんだ。信じられないぐらいにな。これが、どういうことかわかるか？」

「————」

「誰かが、あるべき流れを変えて、違う流れを作ったのさ」

「それが西沖さんだと……」

「そういうことだ。自分の人生を差し出すことでな」

「………」

「準構成員ってのがどういうもんだか、考えたことがあるか？　それは言葉を換えりゃ、組の誰かが手なずけたチンピラってことだ。何かあったときには鉄砲玉に仕立てたり、あるいは身代わりでムショ送りになるようなやつらさ。そういうチンピラが、大事な政治家先生の息子を殺しちまった。しかも、その事件がスキャンダルとなって、政治家先生は選挙区で落選しちまった。準構成員のしでかした不始末を責め立てられた組長は、自分たちの手で筋を通さざるを得なくなった」

「八神桐子の弟を殺そうとしたと――？」

「そうだ。だがな、身ひとつで乗り込んで来た西沖が、それをとめたのさ。会食の席に飛び込んで来て、その組長に土下座して頼み込んだ。もちろん、すぐにいかつい男たちが取り囲み、無礼な闖入者《ちんにゅうしゃ》をつまみ出そうとした。そうしたら、やつはテーブルにあったステーキナイフを手にし、組長の首元に突きつけたんだ。西沖達哉の主張は、明快だった。あの男は自分の教え子だ。自分が責任を持って警察に連れて行って自首させる。だから、正式な裁きを受けさせてほしい。やつは、真剣な目でそう主張した。そのとき、たまたま一緒に会食していたのが、この俺さ」

「――」

「俺はな、それを見ていて、面白くなっちまったんだ。人には、たとえ無鉄砲でも、自分の力で立ち向かわなければならないときがある。しかし、大方《おおかた》の人間はそれを放棄し、口をつぐんで目を逸らすものだが、あの男はそうしなかった。惚《ほ》れた女の弟を救うためだったか、それとも、監督として面倒を見ていたかつての教え子を見捨てられなかったのか、理由など知らん。そんなことは、俺にはどうでもいい話さ。俺は、西沖達哉を一目見て、面白いと思ったんだ。で、仲裁役を買って出た。そして、この男の身柄を俺に引き取らせてくれと申し出て、その場で西沖にこう突きつけた。俺のとこへ、すぐに身ひとつで来られるか。そして、何も言わずに十年働けるか。この場でそう約束するならば、俺が責任を持って、おまえの言っている若造を助けようとな」

「――――」

（そういうことだったのか……）

西沖は、その約束を忠実に守り、いきなり故郷の町からいなくなり、身ひとつで仁英会に飛び込んだのだ。この岩戸兵衛のもとに……。

言葉が出てこない浩介の横で、岩戸兵衛は音を立ててひとつ息を吐いた。笑ったのかもしれない。

「だがな、ほんとはどこかで殺しちまうつもりだったのさ。鉄砲玉にでもして、捨て駒として使うつもりだった。迷わずに決断をする人間ってのは、ちょっと間違った情報を渡せば、間違ったままで突き進む。そういうやつは、利用し甲斐《がい》があるんだ……」

「――――」

「しかし、やつは俺が思っていたよりもずっと聡明だった。そして、いいやつだった。いつしか、俺はやつを手放せなくなり、十年ちょっとが経《た》ってしまったのさ。そして、結局、こうして組を閉じるときまでつきあわせることになってしまった……」

「――――」

「さて、坂下さん。俺の話はこれまでだ。あんたに、ちゃんと最後まで話しておかなければと思っていたんだ。そろそろ行く。西沖のことは頼んだぜ」

岩戸兵衛は、椅子から立った。もっと色々と聞きたいことがある気がしたが、それをスパッと断ち切ってしまうような強い威圧感があった。

椅子から立って見送る浩介を残し、ロビーを横切り、雪の中へ出て行った。駐車場に駐まっていた車が一台、それに合わせてするすると移動し、玄関前で岩戸兵衛を乗せて遠ざかる。

浩介はその車が見えなくなると、初めて威圧感から解放された気がした。そして、ガラスに映る自分の顔へと目の焦点を移動させた。

（西沖監督が、戻って来る……）

そう思うと、心が仄《ほの》かに温かくなってくるのを感じた。

西沖達哉にとって、あの町で監督として浩介たちと過ごした月日が大切なものならば、たとえ十年の空白があろうとも、その歳月を飛び越えて元に戻れるはずだ……。

父と同様に、浩介もそう信じていたかった。


だが……。

西沖達哉の反応は、浩介が予想したものとは大きく違っていた。

「これを俺に……」

袱紗に包まれた小箱を手にすると、西沖は眉間にしわを寄せて浩介を見つめた。

「それで、親爺さんは先に引き揚げてしまったのか……?」

険《けわ》しい顔つきで浩介にそう確かめてから、

「ええ、先に帰りました」

浩介の声など耳に入らないかのように目を伏せ、手にした小箱をもう一度凝視した。

西沖の態度に、浩介は何かただ事ではない雰囲気を感じ、そして、不安に襲われた。

(自分は、何か重要なことを見逃しているのではないか……)

「八神桐子という女性の話を聞きました。彼女のもとへ戻ってあげてください。きっと、西沖さんのことを待っているはずです」

ひとつ呼吸をするごとに色濃さを増す不安を振り払いたくて、浩介はそんなふうに言ってみた。何度か胸の中で繰り返し、おさらいした言葉だった。だが、やはり西沖は一心に何かを考え込む様子で小箱を見つめつづけているだけで、その言葉が耳に入っているとは思えなかった。

「他には……、これをおまえに託したとき、親爺さんは、他には何と言っていたんだ……？」

浩介は、驚いた。西沖は何かを恐れていた。その目に、無意識に救いを求めるような光があることに気づき、深い戸惑《とまど》いに襲われた。こんな西沖を見るのは初めてだった……。

「仁英会はもう、店仕舞いだと……」

「そう言ったのか……」

「はい、言いました――」

「くそ、まずい……」

西沖は小箱を浩介に突き返し、斎場の出口へ駆けたが、部屋を出たところでふっと足をとめた。

エレヴェーター前のスペースで、しのぶが若い捜査員から何か報告を受けているところだった。重森も、少し離れたところからそれを聞いていた。

彼女は斎場から走り出て来る西沖に気づき、その前に立ち塞がるようにした。

「待ちなさい、西沖達哉。匿名《とくめい》のタレコミがあって、この画像が送られて来たわ。タレコミによると、あなたと黒木亮二が裏で手を組み、今度の騒動を引き起こしたとある。ちゃんと説明を聞くまで、ここを通さないわよ」

しのぶが突きつけるタブレットには、どこかの街角で立ち話をする西沖と黒木の姿が写っていた。防犯カメラで捉えたものらしく、遠方から撮影したのを引き延ばしたとわかる画像は粒子が粗《あら》く、辛《かろ》うじて人を判別できるぐらいの鮮明さしかなかった。

「くそ、そんなもの……。それは、きっと親爺さんが俺を足止めする目的で、誰かに命じて警察に送らせたのさ。そんなものはどうでもいいから、手遅れになる前に俺を行かせてくれ」

西沖はそれに一瞥をくれただけで、吐き捨てるように言った。

「何を言ってるの？　ダメに決まってるでしょ。私が納得するように説明しなさい。そうしたら、すぐにどこへでも行って結構よ」

西沖は舌打ちし、凶暴な目つきでしのぶを睨んだが、そんなことで怯《ひる》む相手ではないことは、今までのつきあいでわかっていたはずだ。

「黒木とは、大した話などしちゃいねえよ。ただ、親爺さんの伝言を伝えに行っただけだ。その写真は、そのときの様子を、防犯カメラが捉えたものにちがいない。あんたがこれを見て俺を追及すれば、時間が稼げる。親爺さんは、その間に、ひとりで今岡たちのところに乗り込み、自分ひとりで片をつけるつもりなんだ。さあ、いいだろ。わかったら、行かせてくれ」

「なに……？　どういうこと……？　片をつけるって、何？　まさか、自分が会長の座に据えた今岡譲のことを、岩戸兵衛が殺そうとしてるというの……？　いったい、なぜ――？」

「詳しい話は、移動の途中で話す。だから、一緒に来てくれ！」

エレヴェーターへ向かおうとする西沖を、しのぶは押しとどめた。

「だめよ。あなたには、今まで何度煮え湯を飲まされてきたと思ってるの」

「今度は違う。頼むから、俺の話を信じてくれ」

しのぶは口を開きかけてやめ、判断を仰《あお》ぐようにちらっと重森を見た。

「わかったわ。パトカーで、私があんたを連れて行く。浩介、あんたも一緒に来なさい」

そう言いながら自分でエレヴェーターのボタンを押した。

開いたドアの中へと、浩介と重森もしのぶたちとともに乗り込んだ。しのぶがすぐに一階のボタンを押した。

ドアが閉まる直前に、根室が滑り込んで来た。

「俺も一緒に行く。話は今、聞こえた。だがな、西沖、ほんとに岩戸が今岡を殺《や》ろうとしてるのか？　岩戸兵衛が、今岡を今の座に据えたんだぞ。たとえそれによって次男と三男に冷や飯を食わすことになって恨《うら》まれようとも、それでもなお今岡を選んで会長にしたんだ。今岡のほうだって、その恩義を充分に感じ、何かと岩戸を立てて組織の運営をして来た。俺にゃ、ふたりの間に、亀裂が生じてるとは思えないんだがな。おまえの思い過ごしってことはないのか？」

「――――」

　何も答えない西沖の横顔に、今度はしのぶが食いついた。

「答えなさい、西沖！　警察は、暴力団の状況を押さえて記録してるのよ。この一連の出来事があって、改めてデータを読み直したけれど、岩戸兵衛と今岡譲の関係に亀裂は見当たらないわ。今岡が会長になる前も、なってからもね。岩戸が今岡を選んだ目は確かだったし、今岡はその期待に応えて仁英会を運営しつづけてきた。岩戸を裏切る理由はないはず。岩戸からすれば、今岡をそういう男だと見込んだからこそ、血のつながった実の息子たちを差し置いても、組織を束ねる会長の座を譲ったんだわ」

「それはその通りだ――」

　西沖は、エレヴェーターの表示ランプを見上げたままで答えた。

「それでも、あなたは、岩戸が今岡を殺しに行くというのね」

「ああ、そうだ。親爺さんは、やる腹だ……。今岡がどうこうじゃない。こうなってしまった以上、親爺さんはあとには退《ひ》けないはずだ……」

「――」

ふたりのやりとりを聞いている浩介の脳裏に、ひとつの光景がよみがえってきた。その光景とともに胸に沈みつづけて来た疑問の塊《かたまり》が、ふっと氷解しかけるのを感じた。

「今度の一件を仕掛けたのは、今岡譲じゃない……。これは、亡くなった岩戸和馬から仕掛けた抗争なんですね……」

そう指摘する浩介に、視線が集まった。

「どういうこと……？」

しのぶが問いかけたとき、エレヴェーターが一階に着いた。

「説明はあとだ——。行こう」

重森が言うのを受けて深町しのぶが先頭を切って飛び出し、ロビーを横切って自動ドアを目指して走る。

浩介たち四人も彼女のあとから表に出ると、雪が降りしきる駐車場のパトカーへと走って飛び乗った。浩介を真ん中に、重森と西沖が後部シート、そして、根室が助手席に。

「どこへ行けばいいの？　ここから近いの？」

エンジンをかけながら、しのぶが訊く。

「ホテル東洋《とうよう》ヒルズだ」

新宿中央公園に面した巨大ホテルだ。新宿御苑傍《そば》のこの斎場からならば、大して離れていなかった。ただし、この時間の甲州街道は大変な混雑で、車が一寸《いっすん》刻みでしか進まない。ましてやこの雪とあっては、交通事情は最悪だろう……。

「新宿のホテル東洋ヒルズね」

しのぶが確認するも、根室がとめた。

「ちょっと待て。岩戸兵衛が、初めから自分ひとりで片をつけるつもりでいたのならば、西沖に本当の場所を教えていないんじゃないのか?」

「いや、その心配はないと思う」

「なぜだ?」

「さっきの写真だよ。俺は、今夜の会合を伝えるために、黒木亮二に会いに行ったんだ。会う場所を変更すれば、やつが怪《あや》しむはずだ」

「つまり、黒木と今岡は一緒にいるのね?」

「そうだ」

「わかったわ。部屋は?」

「ダミー会社の名前で、特別スイートを予約してある」

西沖はそう告げた上で、ダミーの名を答えた。いわゆる「反社」の人間が部屋を予約したと発覚した場合、ホテル側は一方的にキャンセルできるので、大事な会合にはこうしたダミーが使われるのだ。

しのぶは無線で手配を行ない、サイレンをオンにした。

サイレンを鳴らして進むパトカーを、先行車両が端に寄って通してくれるが、道を譲れないほどに混雑しているエリアも多い。雪のため、全体的に車がのろのろとしか進まない。

しのぶは、先行車の隙間《すきま》を見つけては巧《たく》みなハンドル操作で車の鼻先を滑りこませつつ、

「それじゃあ、さっきのつづきを聞かせてちょうだい。何を思いついたの、浩介？」

浩介に訊いた。

「中華飯店での仁英会の会食を狙った最初の襲撃事件です」

浩介はそう述べながら、西沖と根室に視線を配った。ふたりとも、あの襲撃事件を目の当たりにしている。しかも、西沖達哉は、襲撃者の銃口の前に立ったのだ。

ということは……、

(西沖さんは、俺が気づいたことを、もっとずっと前に気づいていたのかもしれない……)

あのとき――。

壁のステンドグラスを壊し、仁英会の面々がいる小部屋に踏み込んだ襲撃者は、他の人間たちを庇《かば》って銃口の前に立ち塞がった西沖達哉に対して、ほんの一瞬だが、発砲をためらったように見えたのだ。そこに、鶴田昌夫が横から飛びかかった……。

それは一瞬の出来事であり、ただの見間違いか、あるいは拳銃に何らかのトラブルがあったのだろうと思いもしたが、ずっと気になっていた。

だが、今、浩介は、あれは襲撃者が発砲をためらい、敢えて引き金を引かなかったのだと確信するに至っていた。

ただし、それは西沖達哉に対してじゃない……。西沖達哉の背後の壁際には、今岡譲、岩戸和馬、岩戸虎大の三人がいた。あのとき、ステンドグラスを粉々に割って部屋に押し入った襲撃者は、一瞬、目測《もくそく》を誤ったのだ。そして、銃口が、狙うターゲットではなく、依頼人である岩戸和馬へと向いてしまった。それ故に、引き金を引かなかったのだ。

「あの襲撃を仕組んだのは、岩戸和馬だと思います」

「和馬が……」

ハンドルを握る深町しのぶが、口の中でその名を転がしつつ、バックミラー越しに浩介に視線を向けた。

「あの場に居合わせ、命を狙われたひとりである岩戸和馬が、実際にはあの襲撃を仕組んでいたと言いたいの？」

「はい、そうです。あのとき、俺は、襲撃者が一瞬、拳銃を発射するのをためらったのを見ました。何かの見間違いか、あるいは拳銃に何らかのトラブルがあったのかもしれないとも思いましたが、ずっと気になっていたんです。しかし、そう見えたのはやはり間違いじゃなかった。あのとき、銃口の前には、岩戸和馬がいたんです」

「つまり、誤って依頼人を撃ってしまいそうになり、発砲をやめたと言うのね？」

「はい。あの襲撃を仕組んだのは、嘉多山興業でも、黒木亮二でも、そして新宿のどこか他の組の人間でもなく、みずからもあの会食に出席していた岩戸和馬なんです。岩戸和馬ならば、襲撃者にあの店を予《あらかじ》め教え、ああして待ち伏せる形で襲撃させることなど、それこそ容易《たやす》かったはずです」

「ムロ、あんたは見てなかったの？」

「ああ、俺のところからは見えなかった……。俺は、もうひとりの襲撃者とやり合うので必死だったんだ……」

「どうなの、西沖？　あんたは銃口の前にいたのだから、わかったはずね――？」

西沖達哉は質問を向けられ、顔をしかめた。だが、答えるのをためらわなかった。

「銃口が向いて来て、俺は撃たれることを覚悟した。しかし、なぜだかやつは引き金を引かなかった。そのことが、ずっと頭にこびりついていた。だが、今、浩介が指摘したようなことを思いついたのは、ごく最近だ。もっと早くに思いついていれば、そのあとのことは起こらずに済んだ……」

「岩戸虎大が、嘉多山哲鉉たちを襲うのを防げたと言うのね？」

「虎大さんは、兄貴思いの人だった。なんでも兄貴を先に立て、自分は二番目でいいと言っていた。和馬さんが、今年の春の出来事で親爺さんの怒りを買い、末端組織にはじき出されて外様《とざま》扱いになったとき、虎大さんも同罪とみなされて同じ目に遭《あ》ったが、そのことにも文句ひとつ言わなかった。あのときだって、ゴールデン・モンキーを利用して組織の中で自分の力を拡大しようと画策《かくさく》していたのは和馬さんだけで、虎大さんは何も知らなかったんだ。今度だって、そうさ。虎大さんに相談して、襲撃計画が漏《も》れることを恐れたのかもしれないし、単に弟を巻き込みたくなかっただけかもしれない。和馬さんは、ひとりで実行した。

そのことに、俺が気づくより先に今岡さんが気がついた。あの人は、怖い男さ。そのあとは、あの人が絵を描いたんだ。黒木亮二と手を組み、虎大さんを唆《そそのか》し、嘉多山哲鉉が和馬さんを襲撃して殺したものと思い込ませた。そして、虎大さんに、嘉多山哲鉉と哲鉉の金庫番である筧正司を襲わせた。その先は、あんたら警察が見ての通りだ。襲撃直前になって、黒木亮二が嘉多山哲鉉に情報を流した。撃ち合いになり、虎大さんは重傷を負った末に殺され、虎大さんを守ったツルの野郎はその場で死んじまった……」

「でも、ちょっと待ってちょうだい。あの襲撃事件によって、嘉多山興業のみならず、仁英会も大打撃を被《こうむ》ったわ。いいえ、見方によっては、仁英会こそが大打撃を負ったといえるかもしれない。嘉多山哲鉉は過剰防衛の共同正犯として逮捕されたし、今岡譲も近々逮捕される可能性がある。たとえ逮捕されなくても、固めの盃を交わすと宣言し、次男の岩戸和馬の葬儀も大々的に行なったのに、三男の虎大がそれをひっくり返し、新宿の他の組織からそっぽを向かれることになったのよ。もう、仁英会は終わりよ」

「だから、黒木亮二と手を組んだんだろ」

「――――」

「今岡って人は、肉を切らせて骨を断つ策に出たんだよ。おそらく、黒木亮二との間で、今後、関西系の組織を後ろ盾にして、今岡が今の仁英会の縄張りを仕切る密約ができているはずだ。嘉多山興業の縄張りは、黒木が乗っ取る腹だろう。無論、今岡さんがそれに手を貸すことになる。黒木も目端の利く人だ。十年前、力ずくで新宿に進出を図ってしくじったが、黒木からすれば、今度は自分たちの血を一滴も流さずに新宿の一角に地歩《ちほ》を固めることができる、またとない機会だ。和馬さんはああいう人だったし、今じゃ外様の立場に追いやられていたが、あの人を担ごうとする幹部はまだ残っていた。それに、なんだかんだ言っても、和馬さんと虎大さんは岩戸の親爺さんの息子だ。今岡譲は、このままじゃあ、自分が危ないと悟ったにちがいない。しかし、今度の件で、和馬さんを神輿に乗せて担ごうとしてた幹部も一斉に粛清されることになる」

西沖はそこまで話し、すっと言葉を切った。車は甲州街道を右折し、それにともなって渋滞がなくなった。

車が加速し、右前方にホテル東洋ヒルズが近づいて来る。

「やられれば、やり返す。それは、誰も同じだ。それがヤクザってものさ……。今岡譲も……、そして、岩戸の親爺さんもな……」

浩介は、西沖達哉のこんな悲しそうな声を今まで聞いたことがなかった。

「なぜ言えないの！　プライバシーどうこうの問題じゃないわ!!　このホテルで、発砲事件が起こるかもしれないのよ！」

深町しのぶが、ホテルのフロントスタッフを一喝した。

浩介たちがホテルの表玄関に乗りつけたときには、車寄せに他のパトカーも停まっていた。付近をパトロール中の警官が、緊急指令を受けて駆けつけたのだ。

だが、ロビーに駆け込んだところ、私服と制服の捜査員たちが交じり合い、フロントデスクで立ち往生していた。

泊まり客のプライバシーは明かせないといった、フロントスタッフの型通りの対応に遭って足踏みを強《し》いられていたのだ。

「至急、部屋番号を調べてください！　ヤクザが会合にここを使っていて、その挙句に発砲事件を起こしたりしたら、ホテルの信用はガタ落ちですよ！　あなた、それでも構わないの⁉　暴力団員に部屋を貸したことは、不問に付します。今は、そんな点にこだわってるときじゃないのがわからないの⁉　さあ、早く!!」

警官たちの相手をしていた男は、胸の名札にチーフマネージャーの肩書があった。何か言い返そうとしたようだが、しのぶに畳みかけられ、その権幕に気圧《けお》されてデスクの端末を操作した。

「八階のスペシャルスイートです」

と言い、部屋番号を告げたときには、しのぶはもうエレヴェーターを目指して動きかけていたが、

「刑事さん、ちょっと待ってください」

チーフマネージャーが彼女を呼びとめ、

「データによると、その部屋を御利用のお客様たちは別館の割烹《かっぽう》料理店を御予約で、健在、お食事中です」

あわててつけ足した。

「それは、どこ？」

「この廊下を真っ直ぐ行き、別館に入ったら、エレヴェーターで地下へ――」

いつもの言い慣れた雰囲気の説明を流暢《りゅうちょう》に述べる途中で、パン、と乾いた音がした。

銃声だ――。

チーフマネージャーは、言葉が消え去った口元をぱくぱくさせ、警官たちを見回した。

「銃は持ってる――？」

フロントデスクの前に居合わせた警察官は、私服がふたりに制服警官が三人の合計五人。しのぶは、私服警官たちに確かめた。私服警官の場合は制服警官と異なり、任務の種類で拳銃を携帯していない場合もある。

「警戒態勢中なので、携帯しています」

私服警官はふたりとも三十代の前半ぐらいの年齢だった。片方が、しのぶに対して敬語で答えた。

しのぶの判断は、早かった。

「状況を正確に伝え、大至急、さらなる応援要請を行なってちょうだい」

制服警官のひとりに命じ、廊下の奥へと向かって移動をし始めた。

「部屋に滞在中のお客さんは鍵をかけて外へ出ないようにと、至急、館内放送をしてください」

重森がホテルのチーフマネージャーに要請した上で、すぐあとにつづく。

「おっと、おまえにゃ、勝手な真似はさせないぞ。俺の傍にいるんだ」

根室が、西沖の腕を摑《つか》んでとめた。

が――、それを振り払い、西沖が駆け出し、

「西沖！　勝手な真似は許さないわよ‼」

結局、全員が、そのあとを追う格好で廊下を走ることになった。左右のガラス窓の外

が、雪でぼおっと白く浮き上がっている渡り廊下を経《へ》て別館に入ると、正面にエレヴェーターが、右側に広い階段があった。西沖は、ためらいなく階段を駆け下りた。

階段を下り切った真正面の壁全面が大理石で、そこだけ他と趣《おもむき》を完全に異《こと》にしており、レストラン名を付したエントランスが壁の真ん中にあった。

そこから中に駆け込むと、室内を屋外風に模した空間に敷石が配され、石灯籠《いしどうろう》に仕込まれた飾り電灯が周囲を照らしていた。向かって右側には池が造ってあり、ちょっとした庭園風に太鼓橋が渡してある。

その向こうに、腰付き障子《しょうじ》で仕切られた部屋が並ぶが、敷石に駆け込んだ時点でどこが騒動の元か一目でわかった。最奥の部屋の障子だけが開け放たれ、手前の廊下に男がふたり、腰を低く落とし、部屋の中に対して身構えていた。

いや、ふたりとも、茫然として動けずにいるのだ。開け放たれた障子の奥には、同様に茫然と立ち尽くす別の男たちも見えた。

エントランスから駆け込んできた警察官たちに驚き、男たちがこちらに顔を向けた。

廊下のふたりの右手に、それぞれ拳銃が握られていることに気づき、浩介ははっと身構えた。西沖が、浩介の少し前で足をとめ、男たちに対峙《たいじ》している。

「警察よ！　大人しく、武器を捨てなさい!!」

深町しのぶが一喝し、みずからも武器を抜いて構えた。男たちのほうへと、ぴたっと狙いを定める。私服、制服の警官たちも、すぐに彼女につづくが、浩介と重森と根室は勤務後にツルの通夜に出席していたところだったので、丸腰だった……。

浩介たちから見て左側には、客に応対するための小さなカウンターと、そのすぐ奥に厨房へのものらしい出入口があり、そこに従業員たちが身を寄せて恐々と様子を窺っていた。

「全員、奥に隠れていてください」

深町しのぶが、銃を構えたままで従業員たちに呼びかける。

「他の部屋のお客さんは？」

重森が問うと、

「いえ、このエリアは貸しきりなので……。でも、奥の間にもう一組……」

責任者らしい男が、震える声で答えた。

「警官をつけますので、案内してください。あなたが一緒に行って、その場にとどまり、部屋から出ないように保護をして」

しのぶは傍にいた制服警官に手早く命じてから、

「何度も言わせるな！　すぐに銃を捨てなさい!!」

部屋の前の廊下にいる男たちに、再び激しい声を浴びせかけた。彼らは既に戦意をなくしており、いったん部屋の中に顔を向けて意向を確かめると銃を足下に捨てた。

じりっと、しのぶが前に出るが、西沖は男たちが銃を捨てるなり一気に部屋の前へと駆け寄った。

それを引き留めようとして浩介も一緒に動いた。

「無理をするな、浩介」

と言う重森の声が聞こえた気がしたが、体が勝手に動いてしまった。

部屋の正面に至ると、若い男が銃口を畳に向けた状態で固まっているのが見えた。勝呂隆だ――。黒木亮二の運転手として岩戸和馬の葬儀に現われた男であり、そして、岩戸和馬襲撃の実行犯ふたりと、ある店のヴィップルームで会っているのを諸井卓に目撃された男だった。だが、証拠不十分で逮捕には及ばなかった。

勝呂の少し後ろには、今岡譲と黒木亮二のふたりが立っていた。三人とも、こうした類《たぐい》の男たちには不似合いなぐらい、放心状態にある様子だった。

その原因が、部屋の真ん中に倒れている老人にあるのは間違いなかった。畳敷きの二十畳ほどはありそうな部屋の真ん中に、まだ前菜と酒器類のみが載《の》っただけの膳があり、その横の畳に、岩戸兵衛が血まみれで倒れていた。

西沖の存在に驚いた勝呂が、畳の老人に向けていた銃口を持ち上げた。だが、西沖は拳銃になどお構いなしに動いた。中庭風に設えられた空間を通り、今では戦意を失っている男たちがいる廊下を横切り、部屋の中に飛んで入ると、岩戸兵衛を抱え起こした。

「親爺さん……、しっかりしてください、親爺さん――」

　少し後ろまで近づいた浩介のところから、岩戸兵衛が唇を歪めてにんまりとしたように見えた。「してやったり」とでも言いたげな笑みだった。

「至急、救急車の手配をして！」

　しのぶが制服警官に命じ、私服警官とともに部屋に接近してくる。

「銃を捨てなさい！　勝呂隆！　銃を捨てて両手を上げなさい‼」

　拳銃の照準をぴたりと勝呂に定めたまま、厳しく命じた。

　だが、勝呂は聞かなかった。改めて岩戸兵衛を狙い直し、いつでも引き金を引ける体勢を維持したまま、雇い主である黒木亮二に救いを求めるような顔を向けた。童顔だが、残忍なことを平気でできそうに見える男は、今ではすっかり毒気を抜かれた様子で、怯《おび》えているのが見て取れた。

「まずは、そこに倒れているその老人に銃を捨てさせてくれ。まだ、上着の中に隠し持ってる。勝呂は、私たちを守るためにその男を撃っただけで、正当防衛だ」

　そう言う黒木亮二を挑発するように、岩戸兵衛は上着の内側に右手を突っ込んだ。

「馬鹿！　ヴィップにでもなったつもり⁉　じゃ、あんたは、自分のボディーガードが銃を携帯してるのを知っていたわけね。完全に同罪よ」

「――」

「廊下にいる連中は、今岡のボディーガードたちだ……。連中も銃を携帯してるぞ。つまり、今岡も同罪さ。全員、仲良くムショ送りにしてくれ……」

岩戸兵衛がかすれ声で言い、楽しげに笑った。だが、その途中で噎《む》せ、ぜいぜいと苦しそうな呼吸になった。

「親爺さん――」

西沖が呼びかけ、

「岩戸の銃は、私が押収する。だから、勝呂、あんたは銃を捨てなさい。それとも、こんな瀕死《ひんし》の相手が、まだ恐ろしいの？」

しのぶは銃口を勝呂に向けつづけたままで、岩戸兵衛が横たわる部屋の中心部まで接近した。

「捨てろ」

黒木に小声で命じられ、勝呂は腰をかがめて畳に銃を置いた。「こちらに蹴りなさい」というしのぶの求めに応じ、爪先で蹴って遠ざけた。

しのぶはそれを確認すると、初めて勝呂から視線を切って、岩戸兵衛を見下ろした。

「さあ、岩戸さん、あんたも上着の中の銃を渡してちょうだい」

岩戸兵衛は、再びにんまりとした。勝ち誇った笑みというよりも、悪戯が上手《うま》くいったのを得意がっているように見える。上着の内側から右手を抜き出し、そして、上着を開いて見せた。

「ほら、よく見てくれ。銃なんぞ、持っちゃいないよ……。その男たちが、勝手に勘違いをしただけだ。こいつらは、丸腰の老人にビビッて自分の首を絞めたのさ——」

岩戸兵衛がそう言うのを聞いた、黒木、勝呂のふたりと今岡譲の反応は対照的だった。

三人とも、見えない拳で鳩尾辺りを殴《なぐ》られたかのように、一瞬、息を呑《の》んだあと、黒木と勝呂の両眼にはおぞましいほどの憎悪が燃えさかった。

それは、黒木亮二と勝呂隆というふたりの男が、それぞれのやり方で体の奥に仕舞い込み、社会生活を送る上で隠し通してきた素顔にちがいなかった。それが、肉を破って明るみに出たのだ。

こうした憎悪こそが、このふたりのような人間を先へ先へと推《お》し進め、そして、自分の意に添わない相手が現われたときには、人知れず暴力で片づけて来た源《みなもと》にちがいない。

だが、今岡譲は違った。息を呑んだあと、静かな目で岩戸兵衛を見つめた。なんと声をかけるべきか迷い、ためらっているらしかった。

「今岡、おまえを見込んで組織を任せたが、こんな挑発に乗るとは、まだ度胸が足りなかったな……」

岩戸兵衛のほうから声をかけ、今岡が長く溜息を吐いた。

「親爺さん……、俺に、他にどんな選択肢があったんです……。仕掛けてきたのは、和馬さんのほうだ……。俺も、極道なんですよ……。黙って寝首を掻《か》かれるわけにゃいかなかった……」

「わかってるよ、今岡。和馬が馬鹿をやり、悪かった……。だがな、俺だって極道なんだ。息子を殺《や》られりゃあ、こういう結末になる」

「――――」

出動要請に応じた警官たちが、今では大挙して押しかけ、周囲を取り囲んでいた。今岡譲は、警官たちを見渡し、

「さあ、連れて行ってくれ」

深町しのぶに向かって両手を差し出した。しのぶの命令で、全員が連行されて行く。

「西沖、俺を恨むなよ」

今岡は、その場を離れる前に、西沖にそっと話しかけた。

いつの間にか隣に来ていた重森が、浩介の肩にそっと手を置いた。

救急隊員が、彼らと入れ違うようにして部屋に入り、岩戸兵衛の元へ駆け寄ったが、岩戸が手の先を微《かす》かに動かして彼らを押しとどめた。

「西沖、世話になったな……。極道の最期なんて、みじめなもんだ……。もう、おまえは自由になれ……」

それが、最期の言葉だった。

旅立ち

1

神社への長い石段が、薄い光を掃《は》き清めたような冬空へとつづいている。坂下浩介は石段の下に立って見上げ、その高さに驚いた。

(こんなところを、毎日、駆け上っていたのか……)

長い石段の上には、神社があった。高校時代、この長い石段を、毎日、走って昇ったものだった。その後、その神社の端っこにある空き地で、素振りを二百回……。

(ただ、数をこなせばいいってもんじゃない。一振りずつ、ボールを意識し、それに対応するスイングをするんだ――)

監督のそんな言葉が、今でも耳に残っていた。監督の西沖達哉の言葉が……。

坂下浩介はボストンバッグを片手に、神社の石段をゆっくりと昇り始めた。途中で走ってみたいような衝動《しょうどう》が込み上げたが、下着が汗ばむことの億劫《おっくう》さや、人からどう見えるかといった気恥ずかしさも邪魔をして、歩みを速めることはなかった。

鳥居をくぐり、高台から見渡す故郷の町は、春浅い今もなお白く雪をかぶった雪景色だった。メインの道は除雪が施《ほどこ》されているが、脇道はそれが追いつかない。周囲を囲む山々は真っ白に塗り込められ、薄日を受けてきらきらしている。

これが故郷の風景だ。この町では、冬場はなぜか快晴の日が多く、雪がやむと雲が払われて太陽が差す。

そのため、真冬でも練習を休める日は少なかった。資金に余裕のある私立ならば、専用の屋内練習場を持つ学校もあったが、浩介の学校は違った。

だから、冬の練習は大概が、グラウンドの雪かきから始まった。グラウンド整備や備品管理は、下級生だけに任せず全員で行なうことがチームの取り決めだったため、入学から卒業まで、冬は毎年、雪との格闘の日々だった。

——いい体力作りになるだろ。

体から湯気を上げながら雪をどける浩介たちを見渡し、西沖は言った。

——よし、俺もひと汗かこう。

そんなことを言い、一緒になって雪かきをする西沖の姿を覚えていたが、あれからもう長い時間が経《た》ったのだ。

それと同じだけ、新宿花園裏交番で過ごした四年の月日もまた、今の浩介には遥《はる》か昔のことのように思われた。

新宿花園裏交番勤務の最終日は、「立番《りつばん》」から始まった。浩介がマリと話していたようなジンクスは外れ、「立番」から始まった日の巡回中に何かが起こることもなく、ただ淡々と時間が過ぎた。

四年間見慣れた交番前の景色を見つめて「立番」が終わり、馴染んだ通りや路地を自転車で巡回して時が過ぎた。一緒に回ってくれた重森が、特別に何か話しかけて来ることもなかった。そして、定時通りに次のシフトのメンバーへと引き継ぎを済ませた。

「本署」に当たる四谷中央署へと戻った浩介は、いつものように装備を返却し、私服に着替えた。いつもと違っていたのは、ロッカーを完全に空にし、その鍵もまた返却したことだけだった。

その夜、四谷中央署近くの居酒屋で行なわれた送別会には、同じ重森班で働く重森周作、根室圭介、藤波新一郎、庄司肇、内藤章助の五人に加え、今は秋川西交番に勤務している山口勉も駆けつけてくれた。深町しのぶは「行けたら、顔を出す」と重森に伝言を残していたが、事件が入ってしまったと連絡を寄越して、結局、現われなかった。

しばらくの間、神社の高台から町を見渡していた浩介は、石段を下り直して大通りに出て、駅のほうへと引き返した。ＪＲの特急が停まり、高速バスの発着所も備えたターミナル駅から、ローカル線でふたつ目の駅だった。ここに浩介が通った高校がある。実家は、あと数駅先だった。

昨夜、浩介は新宿を深夜に発《た》った。重森たち花園裏交番の面々に送別会をやってもらったのは一昨日《おととい》のことで、昨日は朝からずっと寮の荷物を整理するのに追われて過ぎた。大した荷物はないと思っていたのに、捨てるものは捨て、送るものはすべて送る手続きをするうちに時間が押してしまい、ばたばたとバスに乗り込んだのである。

2

審議会で、浩介が発砲及び追跡中に容疑者を死亡させたことに対する結論が出て、お咎《とが》めなしとなったのは、事件から数十日が経ち、年が明けてからのことだった。

その後、ひと月ちょっとして異動の辞令が出た。異動先に納得がいかなければ、辞表を出す以外の道はない。それが、警察官の仕事なのだ。だが、浩介には、父の勧めにより、故郷の町で制服警官を務める道も残っていた。

仁英会も嘉多山興業も、トップが逮捕されたことで消滅した。しかし、その残党ともいうべき人間たちが互いに協力したり、反目《はんもく》したり、周囲の組の援助を受けたりして、既《すで》にそれぞれの縄張りを主張し始めているらしかった。人の営みとは、そういうものなのだろう。

ゴールデン街の《ふたり庵》では、今年も中村《なかむら》早苗と高瀬茉莉がふたりで店を切り盛りしている。しかし、鶴田昌夫が亡くなって以降、浩介がマリの部屋を訪ねることはもう二度となかった。マンションの表でじっとこっちを見つめて立っていたツルの姿が、脳裏に焼きついていてしまっていた。

たぶん、それはマリのほうが強烈だったにちがいない。ツルの遺骨を故郷の寺に届けるとき、一緒に行くと言う浩介に対して、マリは決して首を縦には振らなかった。

もしも浩介が新宿を離れることになっていなかったならば、彼女のほうが新宿から姿を消していたはずだと、そんな気すらしてならなかった。

午後の空を、雲が流れていた。冬の弱い光にもかかわらず、東京よりはずっと高く感じさせる空だった。

校門を入った浩介は、最近降った雪が両側に寄せられている緩《ゆる》やかな坂道を昇った。少し行くと、木立が途切れた左側にグラウンドが開けた。校舎は、このスロープを昇った先だ。

人けのない校庭の端に立った浩介は、あの頃と少しも変わらない景色を見渡した。このグラウンドで、いったいどれだけの時間を過ごしたことだろう……。物理的にいえば、授業を受けていた時間のほうが長いはずだが、思い出の大半は野球部のことばかりだ。

（チームメイトの誰かに連絡をしてみようか……）

こうしてグラウンドを見渡していると、たまらなくあの連中に会いたくなった。ポジションについているひとりひとりの姿が、眼前に鮮明に思い浮かぶ。もちろん、ベンチの控えの連中もだ。

あの頃、確かにその全員が、このグラウンドで一丸となって汗を流していたのだ。大学や就職で東京に出た人間もいるが、現在、三分の二ぐらいはこの町で暮らしている。誰かに一本ＬＩＮＥをすれば、あっという間に他の連中にも声をかけてくれるはずだ。

今夜でも、明日でも、どこかの居酒屋で盛り上がろう……。そう思うと、卒業後に実際に酒を酌《く》み交わした席での思い出もよみがえり、いよいよみんなと会いたくなった。

だが、実際には、彼らに連絡をしないことはわかっていた……。

連絡をすれば、西沖監督の話になるに決まっている。

（そういえば、監督はどうしてるんだろうな……）

誰彼が、口々にそう言うことは目に見えている。そうなったとき、西沖監督の話を、いったいどう語ればいいというのだ……。

西沖達哉は、消えてしまった。

あの日……、岩戸兵衛が息を引き取ったあと、事情聴取のために連行されて行く西沖達哉を一瞬だけ引き留めた浩介は、斎場で一度突き返された小箱をもう一度手渡そうとしたのだ。この場で渡さなければ、もうずっと渡せなくなるという切羽詰《せっぱつ》まった気持ちが、浩介の背中を押したのである。

だが、西沖は、暗い目でその小箱を見下ろすだけで、決して手を伸ばそうとはしなかった。その小箱は今なお、浩介が持っている。守り神のようにして入れて来たグラブと硬式ボールとともに、ボストンバッグに入っていた。

あの事件のあと、一度だけ、西沖達哉と会った。西沖は、鶴田昌夫の骨を故郷の寺に納めるマリと一緒に、遺骨を持ってタクシーに乗り込んだ。

その後、マリから電話で聞いたところによると、ツルの遺骨を埋葬したあと、新宿へ帰る彼女と別れ、どこへともなく姿を消してしまったのだった……。

3

浩介は、グラウンドへの階段をゆっくりと下りた。そのときになって気がついた。何か様子が違うと思ったら、いつの間にか土のグラウンドが西洋芝に変わっていた。これならば、たとえ雪の季節でも、大概のスポーツがグラウンドで練習できる。もちろん、野球もだ……。

グラウンドの向こう隅に部室棟がある。浩介はグラウンドの端っこを、部室棟を目指して歩いた。

頬に当たる風が、新宿での勤務中よりも明らかに冷たい。吐く息が、白い。しかし、風は強くはなかった。

高いビルが陽射しを遮《さえぎ》ることがない分だけ、空が明るく広かった。一日のうちでほぼ一番高い位置にある太陽が、周囲の景色の輪郭をくっきりと浮かび上がらせていて、水飲み場のコンクリートが乾いていた。その後ろの部室棟は、あの頃から古い建物だったが、壁さえ塗り直していないみたいでさらに古びて見えた。

別段、部室を覗《のぞ》く気もなかったが、野球部の部室に向かって二棟並んだ真ん中の通路へと曲がったときだった。

狭い通路の真ん中に立ち、野球部の部室を見つめている男がいた。

男は足下に浩介と同じようなボストンバッグを置き、左手にグラブをはめ、右手のボールをそのグラブに投げ込みながら、部室の窓から中を覗いていた。

（…………）

浩介は、言葉をなくした。

その横顔に、そして、その佇《たたず》まいに、時が戻ったような気がした……。

人の気配に気づいたのだろう、男がゆっくりとこちらに顔を向け、浩介よりも遥かに大きな驚きを示した。

「浩介……」

男がつぶやくように言うのと重なって、

「西沖監督……」

浩介の唇からも、そんなつぶやきが漏《も》れた。

「おまえが、どうしてここに——？」

西沖監督と呼ばれたことに照れ臭そうに苦笑したあと、西沖はそう訊いてきた。

「昨夜、深夜バスで新宿を発ちました……。そんなことより、どこにいたんです？　今まで、何をしていたんですか……？」

「あちこちを、転々としていた。古い友人を訪ねたり、安宿に泊まって何日もぼんやりしたりしながらな……。そして、俺も今朝、こっちに着いたところだ——」

西沖達哉は、新宿にいたときとは違い、セーターの上から地味なジャケットを着ていた。

どこか気まずそうに答える仕草もまた、どこか違って感じられた。

(ここは、故郷のグラウンドだからだ……)

そう思うと、浩介はなんだかわくわくして来た。

西沖達哉は浩介の視線が自分のグラブに向いているのに気づき、照れ臭そうに微笑《ほほえ》んだ。

「キャッチボールをやりませんか?」

何も言わず、事問いたげに見つめ返して来る西沖の前で屈《かが》んだ浩介は、ボストンバッグを地面に置き、その中から自分のグラブを取り出した。

一緒に入れてある小箱にも手が伸びそうになったが、今はそのままにした。あわてることはないのだ。

グラウンドのほうへと引き返し、西沖が投げるボールを受けた。ボールは綺麗に磨かれていたが、経年によって染みついた汚れや傷が革に残っていた。

何球目かの往復ののち……、西沖は投球動作を途中でやめて、じっと浩介を見つめて来た。

「浩介、おまえは、人生ってやつはやり直せると思うか?」

「はい、思います」

浩介は、即答した。本当は何度も自問し、未だに答えはわからなかったが、誰の人生もそうであってほしかった。

「おまえなら、きっとそう言うと思ったよ」

西沖が微笑んで投げたボールが、浩介のグラブでいい音を立てた。

浩介は、ボールの縫い目に指を添わせて振りかぶった。その指先を離れた白球が、宙を舞い、初春の光を浴びてキラキラした。
「一昨日が、花園裏交番勤務の最後の日でした」
浩介は言った。この人には、きちんと聞いてほしかった。西沖はまた驚いたらしかった
が、そこにはいつもの落ち着きが戻っていた。
「それで、どうするんだ？　まさか、警官を辞《や》めたのか……？」
「いいえ、辞めません。父親が、こっちへ帰り、ここで警官をしないかとも誘ってくれま
したが、考えた末にそれも断わりました。そして、池袋へ行きます。辞令が出たんです。
それを受けることにしました」
「池袋とは……、また……。えらいことだな……」
「はい。えらいことです――」
西沖は、浩介の決意を噛《か》み締めるようにうなずいた。池袋……。そこは新宿と同じく、
いや、今やそれ以上に騒がしく、犯罪が多発し、生き馬の目を抜くような街なのだ。新宿
での四年間以上に、厳しい事件とタフな人間たちが待っていることだろう。
「そこで、刑事になることを目指して、再び交番勤務です」

注　本書は書下ろし作品です。また、フィクションであり、登場する人物、および団体名は、実在するものといっさい関係ありません。

——編集部

一〇〇字書評

切り取り線

購買動機（新聞、雑誌名を記入するか、あるいは○をつけてください）	
□（　　　　　　　　　　）の広告を見て	
□（　　　　　　　　　　）の書評を見て	
□ 知人のすすめで	□ タイトルに惹かれて
□ カバーが良かったから	□ 内容が面白そうだから
□ 好きな作家だから	□ 好きな分野の本だから

・最近、最も感銘を受けた作品名をお書き下さい

・あなたのお好きな作家名をお書き下さい

・その他、ご要望がありましたらお書き下さい

住所	〒				
氏名		職業		年齢	
Eメール	※携帯には配信できません	新刊情報等のメール配信を　希望する・しない			

この本の感想を、編集部までお寄せいただけたらありがたく存じます。今後の企画の参考にさせていただきます。Eメールでも結構です。

いただいた「一〇〇字書評」は、新聞・雑誌等に紹介させていただくことがあります。その場合はお礼として特製図書カードを差し上げます。

前ページの原稿用紙に書評をお書きの上、切り取り、左記までお送り下さい。宛先の住所は不要です。

なお、ご記入いただいたお名前、ご住所等は、書評紹介の事前了解、謝礼のお届けのためだけに利用し、そのほかの目的のために利用することはありません。

〒一〇一 - 八七〇一
祥伝社文庫編集長 清水寿明
電話 〇三（三二六五）二〇八〇

祥伝社ホームページの「ブックレビュー」からも、書き込めます。

www.shodensha.co.jp/bookreview

祥伝社文庫

新宿花園裏交番《しんじゅくはなぞのうらこうばん》 旅《たび》立《だ》ち

令和 6 年 9 月 20 日　初版第 1 刷発行

著　者　　香納《かのう》諒一《りょういち》

発行者　　辻　浩明

発行所　　祥伝社《しょうでんしゃ》

東京都千代田区神田神保町 3-3

〒 101-8701

電話　03（3265）2081（販売）

電話　03（3265）2080（編集）

電話　03（3265）3622（製作）

www.shodensha.co.jp

印刷所　　錦明印刷

製本所　　ナショナル製本

カバーフォーマットデザイン　芥　陽子

ISBN978-4-396-35079-6 C0193

祥伝社文庫　今月の新刊

西村京太郎
伊豆箱根殺人回廊

二年半ぶりに出所した男がめぐる西伊豆、修善寺、箱根には死体が待ち受けていた……。十津川が陰謀を暴くミステリ・アクション！

あさのあつこ
もっと！　にゃん！
鈴江三万石江戸屋敷見聞帳

登場人物、ほぼ猫族。町娘のお糸が仕えるのは、鈴江三万石の奥方さま（猫）。世情、人情、猫情（？）てんこ盛りの時代小説、第二弾！

とが三樹太
品《しな》川《がわ》宿仇《あだ》討《う》ち稼業

稼業は食うや食わず、情にほだされやすい優男・乾勝之助。だが、剣は強し！　廻国修行と薪割りで鍛えた剣技が光る快作時代小説。

香納諒一
新《しん》宿《じゆく》花《はな》園《ぞの》裏《うら》交番　旅立ち

新宿を二分する抗争が激化した！　組の顔になった高校恩師の西沖と対決した巡査坂下はどこへ向かう？　人気シリーズ書下ろし！

岡本さとる
浮かぶ瀬
取次屋栄三《えいざ》　新装版

「奴にはまだ見込みがあるぜ」親にも世間にも捨てられた若者に再起の機会を与えるべく、栄三は、〝ある男〟との縁を取り次ぐ……。